Rotfuchs

Illustriert von zehn Illustratorinnen der Zukunft

HOLLY-JANE RAHLENS

Future Fairy Tales

GESCHICHTEN AUS EINER
ANDEREN WELT

Aus dem Englischen
von Christiane Steen

Rotfuchs

Originalausgabe
Veröffentlicht im Rowohlt Taschenbuch Verlag,
Hamburg, März 2022

Gesamtlektorat Christiane Steen
Übersetzungslektorat Holly-Jane Rahlens
Covergestaltung Cordula Schmidt Design, Hamburg
Coverabbildung Julia Plath
Ein Abbildungsnachweis zu den Illustratorinnen
findet sich auf den Seiten 254/255
Innengestaltung Birgit Rohrbach, Hamburg
Satz aus der Questa bei CPI books GmbH, Leck
Druck und Bindung Print Consult GmbH, München, Germany
ISBN 978-3-499-00635-7

Die Rowohlt Verlage haben sich zu einer nachhaltigen Buchproduktion verpflichtet. Gemeinsam mit unseren Partnern und Lieferanten setzen wir uns für eine klimaneutrale Buchproduktion ein, die den Erwerb von Klimazertifikaten zur Kompensation des CO_2-Ausstoßes einschließt.
www.klimaneutralerverlag.de

FSC www.fsc.org
MIX
Papier aus verantwortungsvollen Quellen
FSC® C084279

For my son,
my nieces
and nephews,
their friends,
their generation,
their future.

Europäischer Kulturrat
Lübeck-an-der-Ostsee

20. Dezember 2440

Liebe Lesende,

ich gratuliere! Vermutlich habt ihr gerade zum ersten Mal in eurem Leben ein Buch aufgeschlagen. Willkommen in einer neuen Welt! Wir feiern das Jubiläum «1000 Jahre Gutenbergpresse» mit tausend Büchern. Dies ist eines davon.

Vor genau einem Jahrtausend, im Jahr 1440, baute der Mainzer Johannes Gutenberg die erste Druckerpresse. Mit seiner Erfindung revolutionierte er die damalige europäische Buchherstellung, denn bis dahin hatte man Bücher mühsam mit der Hand abgeschrieben. Das Zeitalter der Bildung für alle wurde eingeläutet. Zu Recht gilt die Druckerpresse als eine der größten Erfindungen des 2. Jahrtausends.

Jahrhundertelang gehörten gedruckte Bücher zu unserem Alltag. Doch gegen Ende des 20. Jahrhunderts verschwanden sie allmählich aus unserem Leben: Um 1990 begann man, Texte mithilfe von Computern digital zu lesen, bald darauf auf kleineren elektronischen Geräten. Das E-Book wurde erfunden. Etwa zweihundert Jahre später, nachdem alle technischen und gesundheitlichen Probleme der Brain Buttons ausgemerzt waren, insbesondere aber nach Entwicklung der neuen Gehirnwellentechnologien Mitte des 23. Jahrhunderts, wurden unsere individuellen Brain-Interfaces zu persönlichen Großbibliotheken – und von da an gab es kein Zurück mehr. Um 2325 waren gedruckte Bücher praktisch aus unserem Leben verschwunden.

Nun aber, aus Anlass der Jubiläumsfeierlichkeiten zur Gutenbergpresse, sollen tausend der beliebtesten Bücher Europas der letzten zehn Jahrhunderte noch einmal für eine größere Leserschaft gedruckt werden.

Future Fairy Tales, herausgegeben von Hailey Layne-Arlens, erschien erstmalig 2312 zum fünfhundertjährigen Jubiläum von Jacob und Wilhelm Grimms Werk *Kinder- und Hausmärchen*. Es beinhaltet zehn beliebte Märchen nach den Brüdern Grimm, die zwischen 2019 und 2290 medial präsentiert wurden. Es sind Texte aller Art: Gedichte oder Tagebucheinträge, Kinderlieder oder Kurzgeschichten, Videos oder Braincasts. Jedes Märchen zollt auf seine ganz besondere Weise sowohl den Ursprungsmärchen der Grimms Tribut als auch der Vielfalt des Geschichtenerzählens überhaupt.

Um zu verstehen, in welchem Kontext die einzelnen Märchen entstanden oder sich entwickelten, fügte Hailey Layne-Arlens jedem Märchen eine kulturhistorische Einordnung hinzu. Auch diese Kommentare wurden in diese Ausgabe aufgenommen, denn sicherlich werden sie auch für Lesende des 25. Jahrhunderts von Interesse sein. Ebenfalls finden sich Faksimiles der insgesamt zehn Illustrationen, die Layne-Arlens eigens für die damalige Veröffentlichung auswählte.

Future Fairy Tales war ursprünglich als Geschenkbuch gedacht, das man jungen Forester zum Abschluss ihrer Schullaufbahn überreichte. Es entwickelte sich jedoch unter Forester schnell zum Lieblingsbuch für jedes Alter. «Das Buch trägt etwas Magisches in sich, dem niemand widerstehen kann», schrieb eine damalige Rezensentin. Wir hoffen, es geht euch ebenso. Es mag das erste Mal sein, dass ihr ein echtes gedrucktes Buch lest – aber ich wünsche euch, dass es nicht das letzte Mal sein wird. Viel Spaß!

Raleigh-Joya Hada
Direktorin Europäischer Kulturrat

Anmerkung

Ursprünglich erschien *Future Fairy Tales* auf Englisch, der vorherrschenden Sprache in Europa. Die vorliegende Ausgabe wurde nun aufgrund des großen Interesses an den toten Sprachen Europas eigens für das Gutenberg-Jubiläum auch ins Deutsche übersetzt.

Die Übersetzung folgt den grammatikalischen und orthografischen Regeln des *Reformierten Standardhochdeutsch Plus (Leipziger Schule)* des späten 21. Jahrhunderts, wie sie bis heute von Forester-Kolonien in der euro-deutschen Provinz kultiviert werden. Die Leipziger Schule zeigte sich damals besonders allergisch gegen die Verwendung des generischen Maskulinums, mit dem sowohl Männer als auch Frauen angesprochen wurden. Sie propagierte stattdessen die Verwendung von geschlechtsneutralen Bezeichnungen («Liebe Lesende») oder, wenn es keine akzeptablen geschlechtsneutralen Bezeichnungen gab, die Verwendung eines generischen Femininums mit dem Suffix *-innen*. Letzteres diente dazu, Frauen und Menschen mit einer nichtbinären Geschlechtsidentität explizit miteinzubeziehen und sexistische Stereotype für die Lesenden und Hörenden sichtbar bzw. hörbar zu machen.

INHALTSVERZEICHNIS

Die Schlafende und der Jüngling

Magnus ließ sich am Rande des Waldes auf einem Felsbrocken nieder. Er schaute auf das undurchdringliche Gewirr von Bäumen und Unterholz vor ihm. Der Moment, auf den er so lange gewartet hatte, war endlich gekommen. Sein hartes Training hatte sich ausgezahlt – die Push-ups morgens um sechs, die gesunde Ernährung, das Judo, das Yoga, das Fechten. Magnus de Koning der Jüngere von Amsterdam war in Topform. Es konnte nichts mehr schiefgehen. Allerdings wäre es vielleicht vernünftiger gewesen, er hätte gestern Abend nicht so lange mit Bodo und Nixo in der Hotelbar gesessen und Spicer getrunken. Was hatte er sich dabei bloß gedacht? Wie viele hatte er getrunken, drei? Moment! Er hatte die Runden doch in seinen BB eingetragen.

Magnus aktivierte seinen Brain Button. Er klickte die Tagebuchfunktion an und las seinen Eintrag vom gestrigen Abend: *Magnus hatte einen Espresso, ~~ein~~ zwei Marswasser und ~~drei vier~~ fünf Spicer.*

Fünf also. Mist. Eindeutig zu viel.

Er spürte, dass er Kopfschmerzen bekam, ein winziger

stechender Schmerz an seiner linken Schläfe. Wo waren die kleinen rosa Mind-Binders, die er neulich gekauft hatte? Hektisch kramte er in seinen Taschen nach den Pillen – da! Er nahm eine und legte sie sich unter die Zunge. Sie schmeckte nach Kirsch, war aber so sauer, dass er das Gesicht verziehen musste, doch er spürte beinahe sofort, wie sich der Nebel in seinem Kopf lichtete.

Er rollte den Kopf ein paar Mal nach rechts und links und hörte, wie es in seinem Nacken knackte. Er seufzte. Jetzt, wo er wieder klar denken konnte, merkte er, dass er auch etwas für seine Nerven brauchte. Ärgerlich, dass er keine Chill-Pill dabeihatte.

Wie spät war es eigentlich? Magnus klickte in seinem Brain Button nach der genauen Zeit. 13:29. Okay. Seine Kumpels Bodo und Nixo würden erst in einer halben Stunde kommen. Hatte er soweit alles? Er checkte sein Laserschwert. Es war geladen und auf Stand-by. Er bückte sich und überprüfte die Schnallen an seinen Stiefeln. Sie saßen fest. Er inspizierte die Stiefelschäfte – sie waren staubfrei und glänzten. Er fuhr sich mit der Zunge über die Zähne, falls dort noch Krümel vom Frühstück steckten. Alles gut.

Magnus machte sich auf dem Stein etwas gemütlicher, dann zog er eine Flasche aus seinem Rucksack und nahm einen Schluck Wasser. Schon besser. Okay. Und jetzt? ... Vielleicht sollte er sich die Geschichte noch mal anhören, zur Einstimmung. Er konnte sich noch entsinnen, als er sie das erste Mal gehört hatte. Er fand sie so toll. Die Frauen und Männer, die sich um ihn gekümmert hatten, die Nannys und Nandys, hatten den Kindern in seinem Near & Dear vor dem Schlafengehen immer gern vorgelesen. Er erinnerte sich gern daran. Und schon damals war seine Lieblingsgeschichte *Es war einmal in der fernen Zukunft* gewesen. Das Beste daran war, dass es sich um eine wahre Geschichte handelte.

Magnus aktivierte wieder seinen BB, tippte mit seinen Gedanken Z-u-k-u-n-f-t im Suchfenster des Rasters ein. *Es war einmal in der fernen Zukunft* wurde angezeigt, und er klickte darauf. Sein BB spielte ihm die Geschichte vor, und er hörte sie in seinem geistigen Ohr:

Es war einmal in der fernen Zukunft – ein Märchen.

In alten Zeiten, nur wenige Jahre nach der Jahrtausendwende, lebten ein Mann und eine Frau. Sie –

Magnus hielt die Lesung an. Ihm gefiel die Stimme des Erzählers nicht. Es war eine junge männliche Stimme mit Mandarin-Akzent. Magnus mochte Mandarin, aber der Akzent passte nicht zu dieser Geschichte. Er klickte auf Einstellungen und wechselte zu einer reifen weiblichen Stimme mit einem leichten nordamerikanischen Akzent. Sie erinnerte ihn an seine Lehrerinnen auf dem Schul-Kanal.

Es war einmal in der fernen Zukunft – ein Märchen.

In alten Zeiten, nur wenige Jahre nach der Jahrtausend-

wende, lebten ein Mann und eine Frau. Sie hießen Mr. und Mrs. Sheen und wünschten sich nichts mehr als ein Kind. Doch was sie auch taten und wie sehr sie es auch versuchten, sie bekamen doch keines.

Magnus grinste und hielt die Geschichte wieder an. Er überlegte, ob «was sie auch taten» vor zweihundert Jahren wohl dasselbe gewesen war wie heute. In zwei Jahrhunderten würde sich diese Angelegenheit wohl nicht so sehr verändert haben, oder? Und dann fragte er sich, was wohl mit «wie sehr sie es auch versuchten» gemeint sein konnte. Hatten sie es schneller getan? Oder wilder? Oder einfach nur öfter? Hatten sie besondere Kleidung getragen oder irgendwelche Hilfsmittel benutzt? Wenn ja, welche? Als Kind hatte er sich so etwas nie gefragt. Aber jetzt mit einundzwanzig dachte er viel über solche Dinge nach – sehr viel.

Endlich fand ein Urologe namens Dr. Froschmaier den Grund für ihre Kinderlosigkeit heraus. Die Spermien des Mannes waren einfach zu langsam. Also verschrieb Dr. Froschmaier ihm ein Medikament und sagte zu den Sheens: «Euer Wunsch wird euch erfüllt werden. Bevor ein Jahr um ist, werdet ihr ein Kind bekommen. Habt Vertrauen.»

Bald darauf – siehe da! – wurde die Frau tatsächlich schwanger, und neun Monate später gebar sie eine Tochter. Und was für eine süße Tochter es war! Der Mann und die Frau nannten sie Dawn, wie der neue Tag, denn für die bei-

den hatte wirklich eine neue Zeit, ein neues Leben begonnen. Ihr zweiter Vorname war Rose, wie das erste rosige Licht der Morgenröte.

Die Eltern waren so froh über ihre Tochter, Dawn, dass sie beschlossen, ihr Glück mit einem großen Brunch zu feiern, zu dem Familie, Freundinnen und Nachbarinnen eingeladen waren. Doch als der Tag kam, ein Sonntag, und die Gäste gegen Mittag in der Wohnung der Sheens eintrudelten, wirkte die kleine Dawn krank. Ganz reglos lag sie in den Armen ihrer Mutter. Mr. Sheen hastete hinunter zum ersten Stock des Hauses und bat eine Nachbarin, eine stadtbekannte Kinderärztin, streng, aber weise, nach dem Baby zu sehen. Obwohl es ein Sonntag war und die Sheens sie nicht einmal zu ihrer Feier eingeladen hatten, weigerte sich die Ärztin nicht, ihren hippokratischen Eid zu erfüllen.

Als die Ärztin das Baby untersucht hatte, war ihr Gesicht ganz bleich geworden. Sie vermutete eine schwere Erkrankung. Dawn Rose wurde eiligst ins Krankenhaus gebracht.

Ein paar Tage und zahlreiche Untersuchungen später war aus der Vermutung der Kinderärztin traurige Gewissheit geworden. Bei Dawn wurde ein schwerer Herzfehler diagnostiziert. Das Kind würde seinen 18. Geburtstag nicht erleben.

Es war eine schreckliche Prophezeiung. Mr. und Mrs. Sheen waren verzweifelt. Sie hatten Angst. Und sie waren zutiefst traurig. Ihr kleines, perfektes Mädchen sollte an einer tödlichen Krankheit leiden? Sie weigerten sich, die Meinung der Ärztinnen zu akzeptieren, und brachten ihre Tochter zu an-

deren Weisen, um weitere Meinungen einzuholen. Insgesamt befragten sie zwölf Spezialistinnen, doch alle sagten den armen Eltern dasselbe: Dawn Rose Sheen würde ihren achtzehnten Geburtstag nicht erleben.

Magnus klickte auf Pause und nahm noch einen Schluck Wasser. Das Leben im frühen 21. Jahrhundert musste schrecklich gewesen sein mit all den Krankheiten, von denen so viele nicht geheilt oder verhindert werden konnten. Heute starb man meist durch Unfälle oder an Altersschwäche. Hin und wieder hörte man auch von gewalttätigen Auseinandersetzungen in abgelegenen Gemeinden, wo die einen oder anderen an schweren Verletzungen starben, weil sie nicht schnell genug Hilfe bekamen. Aber im Großen und Ganzen hatte man alle Krankheiten unter Kontrolle. Wenn Magnus lang genug lebte, würde er vielleicht zu den Glücklichen gehören, die unsterblich würden.

Jahre vergingen. Das Mädchen wuchs heran, aus dem Baby wurde ein Kind. Dawn war liebenswert und wunderschön, klug, tugendhaft, sanft und freundlich. Doch sie war auch sehr krank. Sie litt unter chronischer Müdigkeit. Wenn sie zu schnell lief, bekam sie Atemnot. Ihr Puls raste. Oft wurde ihr schwindelig.

Trotz ihrer Krankheit war Dawn Rose voller Hoffnung. «Bestimmt finden sie bald eine Heilmethode für die Krankheit», sagte sie immer.

Ihre Eltern hatten ihr nicht die ganze Wahrheit über ihre Krankheit erzählt. Hätte Dawn gewusst, dass sie ihren achtzehnten Geburtstag nicht erleben würde, wäre sie sicherlich nicht so optimistisch gewesen.

Eines Tages, als Dawn Rose siebzehn Jahre alt war und allein zu Hause, klingelte es an der Tür. Es war eine Frau in schlichtem Kostüm und festem Schuhwerk. Sie hätte einen Termin mit Mr. und Mrs. Sheen, meinte sie. «Das müssen meine Eltern wohl vergessen haben», sagte Dawn. «Nicht schlimm», sagte die Frau, sie würde einen neuen Termin vereinbaren und noch einmal wiederkommen. Sie legte eine Broschüre und ihre Visitenkarte auf die Kommode im Flur und verschwand.

Neugierig nahm Dawn Rose die Broschüre mit zum Sofa. Vorne drauf war ein modernes Gebäude aus Stahl und Glas zu sehen, umgeben von hohen Tannen. Es war eine Forschungseinrichtung namens ALYA. Dawn Rose begann zu lesen.

ALYA, benannt nach einem schwachen Doppelsternsystem, ist eine gemeinnützige Stiftung, die die Technik der Kryonik – das Einfrieren von menschlichen Körpern und Gehirnen in flüssigem Stickstoff nach dem Tod – befürwortet, erforscht und ausübt. Dahinter liegt die Hoffnung, dass diese Menschen in der Zukunft, wenn neue Technologien, vor allem molekulare Nanotechnologie, entwickelt und bestimmte

Erkrankungen nicht mehr unheilbar sind, mit voller Gesundheit wiederbelebt werden. Wir bei ALYA wissen, dass Unsterblichkeit nur eine Frage der Zeit ist.

Hätte Dawn Rose es vorher nicht geahnt, so wusste sie es spätestens jetzt, dass sie bald sterben würde. Der Schock darüber war grauenhaft. Doch noch schlimmer fand sie die Vorstellung, in irgendeiner fernen Zukunft zu erwachen und in einer fremden Welt leben zu müssen, ohne die Freundinnen und die Familie um sie herum, die sie liebte. Würde sie überhaupt sie selbst sein? Würde sie ihre Erinnerungen behalten? Ihre Seele? Ihren eigenen Körper?

Lange saß Dawn dort auf dem Sofa, allein und verzweifelt – bis es ihr in den Sinn kam, dass die Vorstellung zwar schrecklich war, es aber vielleicht sinnvoller war, sich einfrieren als sich begraben oder verbrennen zu lassen. Diese beiden Alternativen waren nicht mehr umkehrbar.

Als Mr. und Mrs. Sheen nachmittags nach Hause kamen, hatte Dawn Rose einen Entschluss gefasst. Sie würde sich einfrieren lassen, jedoch nur, wenn ihre Eltern ihr versprachen, es ebenfalls zu tun, sobald ihre Zeit gekommen war. Sie brauchte sie, und sie brauchten ihre Tochter. Wenn sie in der Zukunft alle wiederbelebt würden, dann hätten sie wenigstens einander. Dieser Gedanke war ihr ein großer Trost.

Nach langen Diskussionen willigten Mr. und Mrs. Sheen ein. Ja, sie würden sich ebenfalls kryokonservieren lassen, wenn sie starben.

In den Monaten danach wurde Dawn Rose zunehmend schwächer. Mit der wenigen Kraft, die sie noch hatte, bereitete sie sich auf das Unvermeidliche vor. Ein Onkel baute ihr für ihre persönlichen Dinge eine Kiste aus rotem Zedernholz. Dawn füllte sie mit lauter Erinnerungsstücken: Lieblingsbücher, Puppen, Tagebücher, Kleidungsstücke, Fotos von ihr in jedem Alter, Fotos von Freundinnen und ihren Eltern und Verwandten. Wenn sie in irgendeiner Zukunft erwachte, sollten diese kostbaren Dinge ihr dabei helfen, sich daran zu erinnern, wer sie einmal gewesen war.

Auch Dawn Roses Krankenakten und zahnärztlichen Unterlagen kamen in diese Kiste. Die junge Frau wurde von oben bis unten gemessen, jedes Glied und jeder Fingernagel. Alles wurde zu den Akten gelegt – wie groß sie war und wie viel sie wog, ihre Leberflecken wurden gezählt, auch die Entfernung von ihrer Schulter bis zur Spitze des kleinen Fingers wurde festgestellt. Denn wer konnte wissen, ob vielleicht Körperteile ersetzt oder neue Organe eingepflanzt werden mussten? Diese Daten waren unverzichtbar.

Kurz vor ihrem achtzehnten Geburtstag verschlechterte sich der Zustand der schönen Dawn Rose. Sie wusste, das Ende nahte. Mr. und Mrs. Sheen baten die Fachleute der ALYA-Stiftung zu kommen. Sie richteten sich mit ihrer Ausrüstung im Wohnzimmer ein, damit sie im Moment, wo das Mädchen für tot erklärt wird, sofort mit dem Konservierungsprozess beginnen könnten. Geschwindigkeit war von äußerster Wichtigkeit.

Zwei Tage vor ihrem achtzehnten Geburtstag legten Mr. und Mrs. Sheen sich neben ihre sterbende Tochter, ihr wunderschönes Kind, das ihnen so viele Jahre solche Freude bereitet hatte. Und so verbrachte Dawn die letzten Stunden ihres kurzen Lebens behütet zwischen ihren Eltern, die sie beide an der Hand hielten. Sie flüsterten ihr zu, wie sehr sie sie liebten, während ihre Tränen auf Dawns Wangen fielen. Sie atmeten sanft und ruhig, einmal ein, einmal aus, hielten ihre Hand und konnten nichts anderes, als zu warten, dass sich die Prophezeiung erfüllte. Oh, könnten sie ihrer Tochter doch ihren Atem, ihr eigenes Leben schenken! Doch das konnten sie nicht.

In den frühen Stunden des neuen Tages, als die Sonne ihren ersten rosa Schimmer über den Horizont schickte, schloss Dawn Rose Sheen die Augen, tat ihren letzten Atemzug und versank in einem tiefschwarzen unendlichen Nichts – bis einmal in einer fernen Zukunft ein Prinz sie wachküsst und den Bann für immer brechen wird.

Die Geschichte war zu Ende. Magnus de Koning der Jüngere weinte, wie immer bei dieser Geschichte. Er schaute sich verstohlen um, ob jemand in der Nähe war. Doch zum Glück war er noch allein. Er suchte in seinem Rucksack nach einem Taschentuch, das er für solche Momente immer dabeihatte, wischte sich die Tränen ab und putzte sich die Nase. Die letzte Szene der Geschichte war wirklich – wow. Diese altmodische Vorstellung von Familie – Vater, Mutter,

Kind – berührte ihn zutiefst. Wie die drei nebeneinander liegen, sich an den Händen halten, wie die Eltern ihr Kind beschützen, gemeinsam auf das Unvermeidliche warten, das ging ihm richtig ans Herz. Die Geschichte zog ihn jedes Mal in ihren Bann und ließ ihn einfach nicht mehr los.

Er fragte sich, wie es wohl sein würde, in einer Familie aufzuwachsen und nicht in einem Near & Dear, wie es heutzutage üblich war. Ja, seine Eltern hatten ihm das Leben geschenkt und waren deshalb etwas Besonderes, aber seine Erziehenden waren natürlich auch etwas Besonderes. Nanny Annie und Nandy Davey waren in seiner Kindheit sogar präsenter in seinem Leben als seine Eltern. Und seinen Kumpeln, seinen Großcousins Nixo und Bodo, mit denen er im Near & Dear aufgewachsen war, fühlte er sich eng verbunden. Aber zählten sie als Familie?

Als sie Kinder waren, wollten sie alle der Prinz sein, der die berühmte schlafende Schönheit wachküsst. Siebzehn Jahre war das her, dass die drei Freunde von ihr gehört hatten. Forschende hatten die Familie Sheen in einem längst vergessenen Lager der ALYA-Stiftung entdeckt. Sie hatten zwei Jahrhunderte lang in flüssigem Stickstoff gelegen. Bei ihrer Entdeckung hieß es, dass man innerhalb der nächsten zwanzig Jahre in der Lage sein würde, die Familie mithilfe neuer Methoden der Kryotechnik zum Leben zu erwecken. Sie würden aufgetaut, an lebensrettende Maschinen angeschlossen und wiederhergestellt werden. Man würde alte Organe gegen neue austauschen, ihre Erinnerungen optimieren und ihre Krankheiten kurieren. Und dann würde man sie schließlich aufwecken.

Heute, dachte Magnus, fast zweihundert Jahre nach ihrem Tod, würde er es nun sein, der die schlafende Schöne erweckte. Viele andere hatten sich für diese Aufgabe beworben, waren aber gescheitert. Er würde nicht scheitern.

Magnus musste an Dawn Rose denken. Wie mutig sie gewesen war. Was für einen starken Charakter sie besaß. Er konnte ihr nicht das Wasser reichen, das wusste er. Doch er war hier. Und würde sie wachküssen.

Er stand auf und schaute hinein in den dunklen, abweisenden Wald vor ihm. Baumstämme und Äste, Sträucher, Dornenranken und Disteln kämpften miteinander um den Platz, rangen miteinander um Licht und verweigerten ihm das Durchkommen. Aber er würde es schaffen, da war er sicher. Er war der Auserwählte.

Hinter sich hörte er Schritte. Es waren Bodo und Nixo, seine besten Freunde. Er überprüfte schnell noch einmal sein Laserschwert und seine Stiefel. Sein Rucksack lag flach und eng an seinem Rücken. Er war bereit.

«Wir sind bei dir, Kumpel», sagte Bodo und gab Magnus einen Faustgruß.

Nixo drückte Magnus an seine breite Brust. «Wird Zeit, dir das Mädchen zu holen. Mach uns keine Schande, Alter.»

Magnus war froh, dass seine Kumpels bei ihm waren. Die drei Männer streiften ihre Handschuhe über und klappten die Visiere ihrer Helme herunter. Magnus' Laserschwert war mit seinem Brain Button verbunden. Er aktivierte es und deutete auf einen breiten Knäuel von dichtem Buschwerk zwischen zwei Bäumen.

Die drei standen dicht zusammen und warteten darauf, dass Bodo, der die Uhrzeit im Blick hatte, ihnen das Startzeichen gab.

«Drei. Zwei. Eins. Action!», sagte Bodo.

Magnus schwang sein Schwert, und der Laserstrahl schnitt durch das dichte Dornengebüsch, als wären es Pusteblumen. Bodo und Nixo taten es ihm an seiner Seite gleich. Zusammen schlugen sie sich so schnell sie nur konnten den Weg durch den Dornenwald. Es war leichter, als Magnus erwartet hatte, wenn auch enorm anstrengend. Doch mit jedem Schritt wurde es schöner im Wald. Je tiefer sie eindrangen, desto mehr Blumen blühten um sie herum. Der süße Duft von Rosen und Flieder, von Lavendel und Jasmin und sogar Äpfeln erfüllte die Luft. Es war betörend.

Schon bald lag der Wald hinter ihnen, und vor ihnen erhob sich ein Bauwerk aus Glas und Stahl. Es spiegelte die Bäume und Blumen wie ein magisches Kaleidoskop und schillerte im Sonnenschein.

Hatten Sie es geschafft? Waren sie wirklich da?

Die drei Männer sahen sich ungläubig an, dann umarmten sie sich und gratulierten einander. Doch schnell lösten sie sich voneinander. Es lag noch eine Aufgabe vor ihnen. Der Gig war noch nicht zu Ende.

Magnus schritt selbstbewusst auf das Gebäude zu, Bodo

und Nixo dicht hinter ihm, und trat in die kathedralenartige, von Sonnenlicht durchflutete Halle. Sie gingen bis zu einem gläsernen Kubus in seiner Mitte. Darin lag die Schöne wie eine antike römische Skulptur, eine schlafende Venus auf einem Podest aus kristallklarem Glas. Doch sie lebte. Magnus sah, wie sich ihre Brust bei jedem Atemzug hob und senkte. Sie war nur einen Kuss davon entfernt, wieder aufzuwachen.

Als er näher kam, fand er, dass das Mädchen tatsächlich das schönste Geschöpf war, das er je gesehen hatte. Ihre Lippen waren voll und rot, ihre Wangen rosig, ihre schwarzen Haare glänzten wie Seide und ihre makellose Haut schimmerte wie Alabaster. Ihr langer, schlanker Körper zeichnete sich unter einer rubinroten Satinrobe ab.

Das Herz von Magnus de Koning dem Jüngeren schlug so wild, dass er sich die Hand auf die Brust presste, um es zu beruhigen. Er trat dicht an das Podest, kniete sich neben die schlafende Schöne, betrachtete sie einen Moment, dann beugte er sich langsam vor, senkte den Kopf ... und küsste sie.

Ihr Mund war weich. Und warm. Seine Lippen ruhten einen Moment auf ihren, dann streifte er mit seinem Mund ganz sacht über ihre Wange und atmete ihre Schönheit ein. Schließlich richtete er sich auf und wartete, dass sie die Augen aufschlug.

Er wartete. Und wartete. Doch ihre Augen blieben geschlossen. Nach etwa einer Minute ahnte er, dass etwas nicht in Ordnung war. Wieso war sie nicht –

«Schnitt!», dröhnte eine Stimme von oben.

Magnus fuhr zusammen.

«Schnitt?», fragte Bodo.

«So eine Scheiße!», rief Nixo.

Magnus schaute hinauf zu den Stahlträgern. «Was ist los?», sagte er zu der Stimme. «Warum schläft sie denn weiter? Wir sind doch die Ersten, oder nicht?»

«Ja. Glückwunsch, Magnus!», sagte die Stimme. «Super gemacht! Du bist der Erste! Deine Konkurrenten stecken noch zum Teil in den Dornensträuchern fest. Das ist das totale Chaos dahinten. Ein Blutbad. Wir mussten sogar einen ins Krankenhaus schicken. Ein Team fährt mit. Wir haben alles auf Band. Sensationelle Aufnahmen.»

Magnus fragte sich, warum der Direktor so laut über das Soundsystem mit ihnen reden musste. Er hätte ebenso gut und deutlich leiser über ihre Brain Buttons kommunizieren können. Vermutlich irgend so ein Machtspielchen, dachte er.

«Warte mal 'ne Sekunde, Magnus, okay?», redete der Regisseur weiter. «Mein Assistent kommt gleich runter.»

Ein junger Mann tauchte hinten im Studio auf.

«Scheiße», murmelte Nixo. «Was will der denn jetzt?»

Der Regieassistent kam auf Magnus zu. Er trug etwas unter dem Arm. «Sorry, Freundchen», sagte er unnötig laut, dann klappte er einen Stuhl auf und stellte ihn ziemlich laut neben der schlafenden Schönen hin. «Die Fachleute drüben im Kryolabor hatten ein Problem. Irgendeine Störung mit der Wiederbelebungssynchronisation. Setz dich doch. Dauert ein bisschen. Willst du was trinken?»

Magnus schüttelte den Kopf. «Nein, danke. – Aber sie wird doch aufwachen, oder?»

Der Regieassistent zuckte die Schulter. «Das ist der Plan. Aber das hier ist eine Realityshow, Mann. Wer weiß, was passieren kann! Das ist dir, hoffen wir, doch klar, oder?»

Magnus nickte. Natürlich wusste er, auf was er sich eingelassen hatte, als er sich für diese Realityshow bewarb, auch wenn er nicht wirklich geglaubt hatte, dass die Jury ihn tatsächlich auswählen würde. Aber sie hatten ihn ausgewählt. Sein Aussehen gefiel ihnen, seine Ausstrahlung, seine Entschlossenheit. Dass er später Cyborg-Psychiater werden wollte. Und dass er gern etwas so retro wie Erzählungen hörte. Er schien der perfekte Partner für jemanden wie Dawn Rose Sheen, die ja selbst retro war und außerdem mittlerweile ein halber Cyborg. Von 1687 Bewerbern hatte man zehn ausgewählt, und schließlich waren nur noch drei übrig gewesen. Und jetzt hatte er, Magnus de Koning der Jüngere von Amsterdam, es bis hierhin geschafft. Sein Preis war ein vollfinanzierter Platz an der Universität seiner Wahl, im Fach seiner Wahl. Außerdem würde er das Mädchen kriegen – zumindest würde er an erster Stelle stehen, ihr Herz zu gewinnen.

Der Regieassistent wandte sich an Bodo und Nixo. «Wartet diesmal auf das Stichwort von uns, okay? Und keine Schimpfwörter, verstanden?»

Bodo und Nixo lachten.

Der Regieassistent drehte sich wieder zu Magnus um. «Millionen von Zuschauenden sind bei dir. Sie lieben dich. Du wirst das fantastisch machen, ehrlich. Wen interessiert's, ob das der erste oder zweite Kuss ist? Und wenn es am Ende mit dem Mädchen nichts wird, na und? Du kannst massenhaft andere haben. Also streng dich an, Junge, gib dein Bestes. Und denk dran: Du bist jetzt alles, was sie hat.»

«Was meinst du damit – alles, was sie hat?»

Der Regieassistent sah ihn überrascht an. «Haben sie dir das nicht gesagt?»

«Was gesagt?» Magnus ließ sich auf den Stuhl fallen.

«Leider haben Mr. und Mrs. Sheen es nicht geschafft.»

Magnus starrte ihn an.

«Was ist passiert?», fragte Bodo.

Der Regieassistent zuckte die Schultern. «Ihre Körper haben die neuen Organe abgestoßen. Irgend so was. Sie waren einfach zu alt, als sie damals starben.» Er wedelte mit der Hand in Richtung Dawn Rose, die auf ihrem Podest aus Glas schlief. Er sah sie nicht mal an. «Aber die ist startklar, sobald man den Fehler in diesem Reanimationsdings findet. Also wir müssen weitermachen, Magnus. Wenn du was brauchst, sag einfach Bescheid. Wir sehen uns später auf der Party.»

Und damit ging er.

Etwas an diesem Typen gefiel Magnus nicht. Nur was?

Gedankenverloren betrachtete er Dawn Rose, die dort so unschuldig schlief. Aha! – jetzt wusste er, was ihn störte. Der Typ hatte über sie gesprochen, als wäre sie bloß ein Möbelstück. Eine Requisite. Er hatte sie nicht einmal angesehen.

Der Verlust von Mr. und Mrs. Sheen war der Supergau. Zum einen war es nicht das, was Magnus gewollt hatte. Er hatte das *ganze* Paket gewollt, die Familie. Mutter, Vater, Tochter. Und er würde der Sohn sein. Dazugehören wollte er.

Doch wichtiger noch: Er wusste, dass Dawn Rose den Verlust ihrer Eltern nicht ertragen würde. Wie hieß es noch in der Geschichte? Der Schock darüber, dass sie bald sterben würde, war grauenhaft. *Doch noch schlimmer fand sie die Vorstellung, in irgendeiner fernen Zukunft zu erwachen und in einer fremden Welt leben zu müssen, ohne die Freundinnen und die Familie um sie herum, die sie liebte.*

Magnus betrachtete die schlafende Frau. Die Leute sahen in ihr nur Staffage. Eine wunderschöne Staffage in einer Realityshow. Eine Realityshow! Wusste Dawn überhaupt, was eine Realityshow war? Gab es in den 2020er-Jahren überhaupt schon Realityshows?

«Okay, Leute!», dröhnte die Stimme des Regisseurs von oben. «Wir sind so weit. Sorry für die Verzögerung. Magnus, Bodo und Nixo, ihr geht bitte zurück zum Eingang der Halle. Wir drehen ab da. Positionen bitte!»

Mit schwerem Herzen ging Magnus in Richtung Eingang.

Es kam ihm der Gedanke, dass er jetzt einfach abhauen könnte. Er musste nicht bei dieser Heuchelei mitmachen. Er könnte einfach durch die Tür gehen und alles hinter sich lassen. Das wäre sogar eine echte Sensation. Eine Bombenszene! Sie würden sich am Ende sogar bedanken dafür.

Bodo und Nixo gingen an Magnus' Seite, im Gleichschritt. Bodo streckte auf einmal den Arm aus und nahm Magnus' Hand. Als Kinder hatten sie sich immer an den Händen gehalten.

Magnus lächelte Bodo an.

«Du bist der Beste, Bro», flüsterte Bodo in Magnus' Ohr. «Was immer du tust, wir sind bei dir. Wir lieben dich.»

Dann nahm Nixo ebenso unerwartet Magnus' andere Hand. «Wir halten zusammen», flüsterte er in sein anderes Ohr. «Einer für alle und alle für einen.»

Magnus de Koning der Jüngere blieb stehen. Ihm stockte der Atem. Zum ersten Mal im Leben kapierte er, dass er tatsächlich zu etwas Größerem gehörte. Bodo und Nixo liebten ihn. Und er liebte sie. Sie waren ... seine Familie.

Hand in Hand gingen die drei Jünglinge zum Eingang der Halle. Sie schauten hinaus auf die vor ihnen liegende Kulisse, auf diese perfekte Nachahmung eines dichten und dunklen Märchenwaldes. Perfekt, aber fake. Magnus lächelte in sich hinein, dann drehte er sich um und sah zu dem gläsernen Kubus in der Mitte der Halle, zu der schönen jungen Frau, die dort auf dem schimmernden Podest lag. Sie war atemberaubend, aber –

«Ruhe!», rief die Stimme des Regisseurs von oben. «Ton. Kamera. Action!»

Doch anstatt auf seine schlafende Schöne und seine märchenhafte Zukunft zuzugehen, drehte Magnus sich wieder um und schritt auf den Wald zu. Bodo und Nixo, seine Familie, blieben dicht an seiner Seite.

«Nein, warte mal!», kam dann eine liebliche Stimme. «Bitte. Geh nicht.»

Erstaunt drehte sich Magnus um. Die Stimme kam vom gläsernen Kubus. Die Prinzessin war wach und richtete sich gerade auf. Ihre rubinrote Satinrobe umfloss ihren jungen Körper.

«Komm zurück», sagte sie zu Magnus und schenkte ihm ein zartes Lächeln. «Bitte. Komm zurück.»

Die Geschichte-in-der-Geschichte in der obigen Erzählung, die das kurze, tragische Leben von Dawn Rose Sheen behandelt – *Es war einmal in der fernen Zukunft* –, entstammt der nordamerikanischen Forester-Kultur des späten 21. Jahrhunderts. Die Rahmengeschichte dagegen, *Die Schlafende und der Jüngling*, wurde erst im frühen 23. Jahrhundert hinzugefügt, erstmals erwähnt in Hahj Lii-Roonies Märchensammlung *Flüstergeschichten meiner großen Schwester* (2252). Dieser Teil der Erzählung, das Open-End-Märchen über Magnus de Koning dem Jüngeren, spielt vor einem Urbanite-Hintergrund. Heißt das nun, dass die Rahmengeschichte ihre Entstehung in der Urbanite-Kultur hat?

Um diese Frage zu beantworten, wäre es von Vorteil, vor allem für unsere jüngsten Lesenden, etwas zur Entstehung von Forester- und Urbanite-Kultur überhaupt zu erklären.

Mitte des 21. Jahrhunderts, zu Beginn von Dark Winter, flüchteten viele Menschen vor der Anarchie der Städte in die relative Sicherheit der Wälder. Sie hofften, den Schrecken des Krieges und der Verbreitung eines immer wieder mutierenden Virus zu entkommen. Sie nannten sich Forester und besaßen wenig mehr als die Kleider an ihrem Leib, einfachste Kommunikationsgeräte und einen starken Überlebenswillen.

2095, als sich Dark Winter seinem Ende neigte, blieben die

meisten Forester, insgesamt weniger als zehn Prozent der Weltbevölkerung, in ihren Gemeinden. Zwei Jahrhunderte lang entwickelten sie sich weiter und bauten an einem weltweiten Netz von selbstständigen, engverbundenen Forester-Kolonien.

Gleichzeitig bauten die Stadtbewohnenden, die Urbanites, ihre Städte mit großem Erfolg wieder auf. Für sie lag die Zukunft vor allem in der Entwicklung von Wissenschaft und Technik. Allerdings ist ihr Versuch, die Weltsprachen zu reformieren, aus heutiger Sicht eher misslungen.

Über zweihundert Jahre lang lehnten Urbanites auf der ganzen Welt, besonders jedoch in den germanischen und lateinischen Untergruppen der indoeuropäischen Sprachen, die Verwendung der ersten Person Singular ab. Mit dieser Taktik wollte man in den schwierigen Jahren während und nach Dark Winter das Gefühl von individueller Identität reduzieren und stattdessen den Gemeinsinn und Kooperationswillen fördern. Zu der Zeit, als die Rahmengeschichte des Märchens entstand, war der sogenannte Illeismus – also die Praxis, von sich selbst in der dritten Person zu sprechen – unter den Urbanites zur Selbstverständlichkeit geworden. Sie verwendeten «Wir» statt «Ich», stellten Fragen, statt persönliche Meinungen zu äußern usw. Forester jedoch behielten das «Ich» bei. Doch Mitte des 23. Jahrhunderts verlor der Illeismus langsam an Bedeutung. Und dann, vor etwas mehr als vierzig Jahren, im Jahre 2270, kündigte das Abkommen von Mallorca eine neue Ära der Annäherung an. Seit 2299 sind Forester und Urbanites nun wieder unter einer Weltregierung vereint. Heute sind die meisten Menschen (mit Ausnahme einiger besonders eingefleischter Urbanites) wieder zur Verwendung der ersten Person Singular zurückgekehrt.

Bei oberflächlicher Betrachtung könnte man glauben, die Rahmengeschichte sei eine urbanitische Geschichte. Sie wird eindeutig aus der Perspektive eines jungen Urbanite erzählt und verwendet kein einziges Mal die Pronomen Ich, Mir, Mein, Mich, wie es bei den Urbanites üblich war. Im ersten Absatz der Geschichte haben aufmerksame Lesende bereits die Verwendung der dritten Person erkannt: Anstatt zu schreiben «Ich hatte einen Espresso, ~~ein~~ zwei Marswasser und ~~drei vier~~ fünf Spicer», schreibt Magnus, «Magnus hatte einen Espresso» usw. Die gesamte Rahmengeschichte ist, so glauben wir, eine Erzählung aus der Ich-Perspektive, jedoch ohne «Ich» zu verwenden!

Aber bedeutet dies, dass es sich hier um eine urbanitische Nacherzählung handelt? Nein, das tut es nicht. Die Rahmengeschichte, die lediglich eine urbanitische Erzählästhetik nachahmt, wurde von Forester für Forester erzählt, vermutlich als abschreckendes Beispiel dafür, wie verkehrt das Leben der Urbanites in mancher Hinsicht war.

Die Hauptfigur Magnus de Koning der Jüngere sowie seine Großcousins Bodo und Nixo werden ausschließlich in positivem Licht dargestellt. Auch wenn dies für manche der Beweis sein könnte, dass es sich hier um eine urbanitische Nacherzählung handelt, werden aufmerksame Lesende bemerken, dass Magnus vor allem die Werte und Qualitäten der Forester verkörpert: brüderliche Liebe, Familientreue, Spontanität (Magnus weint, seine Freunde fluchen), heftige Gefühlsregungen (den Urbanites fiel es eigentlich schwer, in der Öffentlichkeit Gefühle zu zeigen) sowie seine Liebe zu Geschichten und Literatur. Magnus' Charakter steht im starken Gegensatz zur Oberflächlichkeit des Regieassistenten, der gemeinsam mit dem Regisseur und der grundsätzlichen Absurdität, Herzlosigkeit und Verlogenheit des Realityshow-Formats die Rolle des Antagonisten übernimmt. Im Grunde kritisiert die Rahmengeschichte also das Leben der Urbanites, reicht jedoch jungen Urbanites wie Magnus und seinen Kumpels die Hand und bietet ihnen die Möglichkeit, sich im Herzen als Forester zu beweisen.

Für diejenigen unter euch, die etwas über die Kunst des Erzählens lernen wollen, ist der Einsatz einer Geschichte-in-der-Geschichte von Interesse, da sie diese Version von *Dornröschen* besonders komplex macht. Mit ihr erhält nicht nur die Figur der schlafenden Schönen deutlich mehr Raum und Tiefe, sondern ebenso ihre Eltern und natürlich der Jüngling bzw. der «Prinz», der sie mit einem Kuss aus ihrem Schlaf erwecken will – etwas, was das ursprüngliche Märchen nicht bot.

Zwei Begriffe aus *Die Schlafende und der Jüngling* mag einigen unserer jüngeren Lesenden unbekannt oder neu sein.

Die Kryokonservierung von Menschen war eine spekulative Wissenschaft aus dem 20. und 21. Jahrhundert, die auf der Hoffnung beruhte, dass tiefgefrorene Leichname irgendwann in der Zukunft einmal wiederbelebt werden könnten, wenn der wissenschaftliche Fortschritt dies zuließe. Gegen Ende des 21. Jahrhunderts hatte man sie weitestgehend als Anti-Wissenschaft und Humbug abgetan, doch das magische Denken an Unsterblichkeit, das ihr zugrunde liegt, wurde in dieser beliebten Forester-Erzählung «märchenhaft» verarbeitet. Bis zum Anfang des 23. Jahrhunderts hörte man in der Wissenschaft nicht mehr viel von diesem Thema – bis man eines Tages in den Weiten Sibiriens ein kryogenes Depot entdeckte. Mehrere tiefgefrorene Leichname lagen dort seit rund zweihundert Jahren, möglich gemacht durch ein ausgeklügeltes automatisches System, das die Tanks, in denen die Körper gelagert wurden, alle zwei Monate mit flüssigem Stickstoff auffüllte. Jahr für Jahr.

Wieder einmal befeuerte das Thema Kryogenik Fantasie und Spekulationen. Höchstwahrscheinlich war es auch Inspiration für die Rahmenhandlung von *Die Schlafende und der Jüngling*. Die gefrorenen Körper wurden tatsächlich nie wiederbelebt, auch wenn sich das Gerücht hartnäckig hielt, dass eine wunderschöne junge Frau aus dem 21. Jahrhundert dort gefunden und reanimiert wurde, aber vor der Öffentlichkeit verborgen worden war.

Der zweite erklärungsbedürftige Begriff ist «Near & Dear», eine Schöpfung der Urbanites, die sich um etwa 2100 ausbreiteten. Eigentlich waren sie den Kibbuzen in Israel nachempfunden, die um 1930 entstanden, und auch den sogenannten Mehrgenerationenhäusern, die sich ab 2005 in vielen europäischen und nordamerikanischen Städten durchsetzten. Mehrere Generationen lebten hier unter einem Dach, oder, wie später in den Near & Dears, in großen Wohnkomplexen, die Krabbelgruppen, Kindergärten, Schulen, kulturelle Institutionen sowie Krankenhäuser vereinten.

Die Idee dahinter war, verschiedene Altersgruppen zusammenzubringen und Altersstereotypen zu reduzieren, in der Hoffnung, dass diese Großfamilien ein größeres Zusammengehörigkeitsgefühl entwickelten. Doch bis Ende des 22. Jahrhunderts waren die Near & Dears zu riesigen bürokratischen Komplexen angewachsen. Urbanites arbeiteten lange und oftmals in anderen Städten, sodass ihre Kinder immer öfter von Ersatzmüttern und -vätern (sogenannte Nannys und Nandys) aufgezogen wurden. Der Wiederaufbau nach Dark Winter und die starke Arbeitsmoral des General Global Government machten es notwendig, die Erziehung seiner Kinder anderen zu überlassen. Infolgedessen entfremdeten sich Eltern und ihre Kinder, sodass die ursprüngliche Absicht der Mehrgenerationenhäuser in ihr Gegenteil verkehrt wurde.

Nach dem Mallorca-Abkommen und der Wiedervereinigung wurden die Near & Dears reformiert, und viele Urbanites integrierten Familienelemente der Forester in ihre Erziehungskonzepte.

Schließlich möchten wir noch darauf hinweisen, dass der Name der schlafenden Schönen in dieser Nacherzählung, Dawn Rose Sheen, eine auffällige Ähnlichkeit zum deutschen Namen Dornröschen im Grimm'schen Original besitzt. Die Sheens, erfahren wir, nannten ihr Kind «Dawn», oder Morgendämmerung, weil es für sie der Beginn einer neuen Zeitrechnung darstelle, und «Rose» wegen der Morgenröte eines neuen Tages. (Ihr Nachname Sheen klingt übrigens dem Deutschen «schön» nach.) Insgesamt liefert die Geschichte damit eine nachvollziehbare Erklärung, wobei es sich jedoch sehr wahrscheinlich um ein beabsichtigtes Wortspiel handelt.

Oder ist es möglich, dass der Name ursprünglich eine fehlerhafte Aussprache des deutschen Namens *Dornröschen* war? Dorn/Dawn, rös/rose, chen/Sheen. Deutsch, wie auch u.a. Dänisch und Niederländisch, gehörte im Jahr 2100 zu den toten Sprachen Europas. Dies kam durch die Massenauswanderung aus Europa während Dark Winter. Erfreulicherweise erleben diese Sprachen jetzt eine Renaissance, denn das Mallorca-Abkommen von 2270 erweckte bei den Urbanites ein gewisses Interesse an den von den Forester gepflegten alten Sprachen.

Die meisten Europäer, die Mitte des 21. bis zum späten 23. Jahrhundert gelebt haben, hätten also die Bedeutung oder die Aussprache des Wortes *Dornröschen* nicht gekannt. Vielleicht bemühten sich die mündlichen Geschichtenerzähler also darum, der fehlerhaften Aussprache einen Sinn zu verleihen.

Ihr seht also, liebe Lesende, wie viele Fragen sich ergeben und wie wenige Antworten sich darauf finden. Wie die arme Dawn Rose und ihre Eltern sind sie für uns für immer verloren, eingeschlossen und eingefroren in einer fernen Vergangenheit.

MONTAG, 15.09.2008
GILES & MILES
CYBERBELLA, HAHA!
DIE BEIDEN SIND SOOO NERVIG!
ÄHH, KANNST DU MIR MAL MIT DEM DRUCKER HELFEN?!
(BARRY)
OUR TOWN
HEUTE VERMISSE ICH MEINEN VATER SEHR... UND MOM IST AUCH NICHT ERREICHBAR!
CYBERFEL
1250 K
S+B
ICH BIN SOOO AUFGER
WEGEN SAMSTAG!!!
HEUTE AM M
MADE
CALI
COMPUTER WETTBEWERB START: 12 UHR

Auszug aus dem Tagebuch von Bella Louise Hazelworth alias Cyberbella

Montag, 15. September 2008

Ich war einmal ein Einzelkind. Was waren wir für ein super Team: Mom, Dad und ich. Die drei Musketiere. Das Hazelworth-Trio – alles war gut. Aber dann ist Dad gestorben. Das war echt furchtbar. Aber immerhin war ich immer noch Einzelkind. Aber dann tauchte plötzlich – tada! – Barry Masterson auf, zusammen mit seinen zwei Söhnen.

Barry und Mom kennen sich schon ewig und – Moment! Ich habe gerade den ersten Absatz noch mal gelesen und festgestellt, dass ich drei Sätze mit «Aber» angefangen habe. Und das passt. «Aber» beschreibt nämlich so ziemlich perfekt mein Leben. Ich lebe und atme zwischen all den «Abers».

Ich weiß, das hört sich total quengelig an. Dad hat mir vor seinem Tod das Versprechen abgenommen, dass ich nicht jammern werde. Dass ich zu allen nett bin, dass ich immer an das Gute denke, und dass ich Mom nicht das Leben schwer mache. Ich habe es ihm natürlich versprochen. Das hätten wohl alle gemacht, oder nicht? Aber wenn du mich fragst (was du natürlich nicht tun wirst, du bist schließlich bloß ein Tagebuch, hallo?!), selbst wenn ich total verstehe, warum Dad wollte, dass ich ihm das verspreche, finde ich, dass das eigentlich zu viel verlangt war von einer Neunjährigen, wie ich es vor vier Jahren noch war, als er starb (na, wenn das mal kein Bandwurmsatz ist!). Ich denke jedenfalls, wenn Dad gewusst hätte, dass Barry und seine Söhne – meine reimenden, schleimenden, eineiigen, teigigen Zwillings-Stiefbrüder Giles und Miles – in mein Leben treten würden, dann hätte er bestimmt nicht von mir verlangt, immer nett zu sein. Er hätte verstanden, wie schwierig es manchmal ist, ein solches Versprechen zu halten. Natürlich würde Mom es auch verstehen, zumindest was die reimenden Zwillinge angeht (immerhin muss sie auch mit ihnen und ihren müffelnden Socken leben), aber ich finde es schwer, mit ihr über so was zu reden, denn 1. ist sie gerade nicht da und 2. ist sie nun mal mit dem Vater der Zwillinge zusammen – sogar verheiratet, kotz!

Barry und Mom sind beide in Ojai aufgewachsen, östlich von Santa Barbara. Barry ist Autor. Seine Bücher gibt es zwar selten in guten Buchhandlungen, aber dafür findet man sie in allen Flughafenkiosken oder an Supermarkt- und Tankstellenkassen. Er schreibt Thriller und Liebesromane am laufenden Meter. «Massenware», sagt

Mom immer, wenn sie ihn aufziehen will. Sie heißen so was wie *Mord unter dem Mistelzweig* oder der diesjährige Halloween-Krimi: *Der Ghost-Lover*. Er benutzt tausend verschiedene Autorennamen, die zum jeweiligen Genre passen, wie zum Beispiel Kenneth Taylor, Edward Clarke oder für Liebesromane Jennifer Hills.

«Es ist die halbe Miete», sagt Mom immer. Und Barry sagt dann: «Und der *ganze* neue Pool im Garten.» Dann schreit Giles «Ein Pool!» und Miles reimt sofort: «Wie cool!»

Ganz ehrlich, ich brauche keinen Pool. Dad hätte den bestimmt auch total überflüssig gefunden. Unser neues Haus ist bloß ein paar Minuten vom Pazifik entfernt. Aber für meine Meinung interessiert sich ja niemand. Die Bauarbeiten beginnen im Januar.

Mom ist ebenfalls Autorin. Aber sie ist eine ERNST ZU NEHMENDE Schriftstellerin, so wie Barry es bestimmt gern wäre. Ihre Bücher verkaufen sich zwar nicht so gut wie seine, aber sie bekommen fast immer gute Besprechungen, im Gegensatz zu denen von Barry. Die werden nie besprochen.

Ich habe vorhin geschrieben, dass Mom nicht da ist. Sie ist an der Ostküste auf Lesereise für ihr neues Buch und ...

Dienstag, 16. September 2008

Sorry, ich wurde gestern unterbrochen, und dann habe ich vergessen, zu Ende zu schreiben. Ich wollte noch erzählen, dass Mom auf Lesereise ist, und das gibt Barry und den Zwillingen scheinbar das Recht, mich total auszunutzen – Neunjährige nerven! Mom hat mich darum gebeten, dass wir uns nicht streiten, während sie weg ist, darum konnte ich nichts sagen, als Barry gestern einfach ohne anzuklopfen in mein Zimmer platzte, mich beim Schreiben an dich unterbrach, liebes Tagebuch, und rief, «Hey, Cyberbella! Computer-Notfall!» Er hat weder «bitte» gesagt noch hat er mich höflich gefragt, zum Beispiel, «Könntest du mir vielleicht helfen, meinen neuen Drucker zu installieren?» Und ein Danke gab es hinterher auch nicht. Jedenfalls habe ich keins gehört.

Barry findet sich wahnsinnig witzig, wenn er mich Cyberbella nennt. Siehst du, wie ich gerade meine Augen verdrehe? Bella ist mein Vorname. Mein ganzer Name ist Bella Louise Hazelworth. Und weil ich mich mit Computern und so auskenne und programmieren kann, erwartet Barry, dass ich alle seine technischen Probleme oder die von seinen Söhnen löse, als wäre ich so ein Aschenputtel oder Cinderella der Neuzeit. Deswegen nennt er mich Cyberbella – und dabei weiß er ganz genau, dass er dann die Rolle des bösen Stiefvaters hat! Ständig heißt es: «Cyberbella, mach dies, Cyberbella, mach das» und

«Das dauert nur fünf Minuten.» Natürlich stellt sich dann immer heraus, dass seine fünf Minuten eher fünf *Stunden* werden. Wie zum Beispiel gestern Abend. Ich habe ewig gebraucht, seinen blöden Drucker zu installieren. Am Ende musste ich mir in einer Online-Supportgruppe ein paar Tipps holen, aber dann klappte es endlich.

Wenn ich in solchen Supportgruppen nach Rat suche, benutze ich immer ein Alias. Vor ein paar Wochen habe ich einen Fehler gemacht und Mom bei der Suche eines Usernamens um Hilfe gebeten. Sie meinte, ich sollte Cyberbella nehmen. «Das klingt doch niedlich», sagte sie. Und ich meinte, «Aber dann kennen alle meinen Vornamen und wissen, dass ich ein Mädchen bin. Und dann fangen die Jungs gleich an, mir Sachen zu erklären, die ich schon längst weiß. So total herablassend.» Am Ende entschied ich mich für Cyber**fella**, also fella = fellow = Typ. Jetzt halten mich alle für einen Jungen: cyberfella104-20QW. Das ist übrigens unsere alte Adresse: 104-20 Queens Way.

Ich wünschte, Barry würde es nicht immer für selbstverständlich halten, dass ich ihm helfe. Als wäre ich seine Computersklavin oder so, die sofort springt, wenn er ruft. Und die Computersklavin der Zwillinge. Letztes Wochenende musste ich auf ihren neuen Handys ungefähr tausend Apps installieren. Ich glaube nicht, dass Barry und die Jungs so was von mir verlangen würden, wenn Mom da wäre.

Noch ein Beispiel: Meine Freundin Jyothi Ramjee aus

meiner alten Schule und ich wollten heute zum Strand gehen und nach Meeresglas suchen, weil wir das beide sammeln. Aber als ich aus der Schule kam, war Barry total hektisch und hat gesagt, ich muss die Zwillinge zu ihrem Gitarrenunterricht bringen, weil seine Telefonkonferenz verschoben wurde und die könnte er auf gar keinen Fall verpassen. Ich müsste die Jungs unbedingt zum Unterricht bringen, ganz egal, ob ich verabredet bin, basta. Was hätte ich machen sollen?

Aber genug beschwert. Wie gesagt, Dad hat mir vor seinem Tod das Versprechen abgenommen, in allem das Gute zu sehen, und darum freue ich mich, dir bekannt zu geben, dass heute etwas wirklich WAHNSINNIG TOLLES passiert ist! Ich habe SILAS BERNARD FELLER getroffen!!

Silas Feller war in meiner alten Schule eine Klasse über mir. Wir waren zusammen in der Computer-AG, haben aber praktisch nie miteinander gesprochen. Ich habe ihn ewig nicht mehr gesehen, seit den Sommerferien. Jetzt geht er in die neunte Klasse. Und er sieht einfach TOTAL WAHNSINNIG UNGLAUBLICH TOLL aus.

Ich hatte keine Ahnung, dass Silas Feller denselben Gitarrenlehrer hat wie die Zwillinge. Als wir aus dem Unterrichtsraum kamen, prallten wir praktisch mit ihm zusammen, und weißt du was? Er hat Hallo gesagt! Und mich gefragt, wie es mir geht und ob ich in meiner neuen Schule wieder in einer Computer-AG bin. Und ich meinte, ja, bin ich (ich kann einfach nicht fassen, dass er sich daran erinnert, dass ich mit ihm in der AG war, aber vermutlich fällt man als einziges Mädchen unter all den Jungen irgendwie auf). Und dann habe ich ihn gefragt, ob er sich für den Compute-a-thon von Orange County anmeldet. «Na, klar!», meinte er. «Programmierwettbewerbe sind meine Spezialität!» Und ich sagte, «Meine auch!!!!!» Yay!!!!!

Vielleicht komme ich ja sogar in sein Team. Oh bitte, lieber Gott, lass mich in seinem Team sein!!!!!!! Am Samstag von zwölf bis dreizehn Uhr ist dieses Treffen für alle der achten bis zwölften Schulstufen in unserem Schulbezirk. Wir müssen einen Eignungstest machen, und dann teilen sie uns in Teams auf. Ich kann es kaum erwarten, ihn zu sehen.

Ich bin vorhin auf die Website vom Compute-a-thon gegangen, aber ich konnte nicht erkennen, ob Silas sich wirklich eingeschrieben hat oder nicht, weil alle einen Screennamen verwenden, so wie mein cyberfella104-20QW. Ich habe keinen einzigen Screennamen von irgendwelchen Leuten aus meiner neuen oder alten Schule erkannt. Morgen schaue ich noch mal nach.

Bin total müde.

Zzzzzz.

Mittwoch, 17. September

Heute war ein blöder Tag. In der Schule war es okay, aber die Theater-AG, mein zweites Wahlfach nach der Computer-AG, war der totale Reinfall. Das Stück, das wir diesen Herbst aufführen, ist *Unsere kleine Stadt* von Thornton Wilder. Gähn. Kann mir mal bitte jemand erklären, was an *Unsere kleine Stadt* so toll sein soll? Wir haben es letztes Jahr schon an meiner alten Schule aufgeführt. Meine Mutter hat es schon aufgeführt, als sie in der neunten Klasse war! Und Oma Nancy auch! Man würde meinen, nach all den Jahren hätten die mal ein anderes Stück gefunden, mit dem sie uns quälen können. Als wir uns für das Vorsprechen eintrugen, habe ich unseren Theaterlehrer Mr. Caltabiano gefragt, ob ich für die Rolle des Spielleiters vorsprechen kann, aber er meinte, der Spielleiter wäre eine männliche Rolle. «Wieso?», habe ich gefragt. «Im echten Leben kann eine Frau doch auch Spielleiterin sein, warum also nicht in einem Theaterstück?» Er hat kurz darüber nachgedacht und hat dann gesagt, «In Ordnung, du kannst für die Rolle vorsprechen.» Wetten, er gibt sie mir trotzdem nicht? Er hat es bestimmt bloß gesagt, damit ich mich nicht zu Hause über ihn beschwere. Ich wette, ich muss Professor Willard spielen, eine winzige Rolle, die bloß einen einzigen Auftritt im ersten Akt hat und dann für den Rest des Stückes nicht mehr vorkommt. Mr. Caltabiano wird sagen, «Die Rolle wurde zwar für einen Mann geschrieben, aber ich dachte, dir würde sie gefallen. Im echten Leben kann eine Frau ja auch Professorin sein, also warum nicht in einem Theaterstück, stimmt's?» Haha.

Jyothi war sauer, dass ich sie gestern versetzt habe, weil ich die Jungs ja zur Musikschule bringen musste. Ich hatte gehofft, dass wir uns heute treffen und am Strand Meeresglas sammeln können, aber sie hatte keine Zeit. Also beschloss ich, allein hinzugehen. Es gibt da diesen winzigen versteckten Strand, den man nur bei Ebbe erreichen kann, und dann sind da ganz tolle, ziemlich tiefe Gezeitenbecken. Das Wasser ist ganz klar, und in den Becken sieht es aus wie ein Mini-Meereswald. Wenn man Glück hat, dann findet man da Meeresglas, das übrigens nicht klar und durchsichtig ist wie normales Glas, sondern von der Witterung ganz milchig.

Ich stellte mein Rad oben an der Klippe ab und ging die ungefähr eine Million Stufen zum Strand runter. Aber als ich unten ankam, wäre ich am liebsten gleich wieder raufgestiegen. Der Strand erinnerte mich an Dad.

Wir sind oft hierhergekommen und haben nach Meeresglas gesucht. Einmal habe ich ein wunderschönes Stück orangefarbenes Meeresglas gefunden, ungefähr drei Zentimeter lang. Eigentlich waren es zwei Stücke. Aber als ich mich bückte und das eine aufhob, kam eine Welle, und als sie sich zurückgezogen hatte, war das andere Stück weg. Wir haben ewig danach gesucht, es aber nicht mehr gefunden. Jedenfalls hat das Stück Meeresglas, das ich jetzt habe, irgendwie die Form eines Schuhs, wie ein Stöckelschuh. Es ist milchig orange, aber mit ein bisschen Rot an der Spitze und ein kleines bisschen Gelb am Absatz. Ich weiß noch, wie Dad und ich herumgerätselt haben, von was für einer Flasche das Glas wohl stammen könnte. Aber niemand von uns konnte sich erinnern, jemals eine orangefarbene Flasche gesehen zu haben. Meine Tante Donna, die Frau von Dads Bruder Nick, hat einen Antiquitätenladen, Hazelworth's, darum haben wir sie gefragt. Sie meinte, dass orangefarbenes Meeresglas eine megaseltene, megateure Art mundgeblasenes Glas ist, das für Geschirr, Vasen und Weingläser im 19. Jahrhundert verwendet wurde. Sie hat es Amberina-Glas genannt, was rotgold bedeutet. Man fragt sich, wie etwas so Wertvolles im Meer landen kann und dann irgendwann ans Ufer gespült wird, wo es sich jahrzehntelang in den Gezeiten glatt schleift (so wird es nämlich so milchig, wegen dem Meersalz.) Ich meine, wer nimmt schon so teures Amberina-Glas mit zum Strandpicknick? Oder auf eine Yacht, wo es runterfallen und zerbrechen kann?

Als Dad gestorben ist, hat Mom mein Stück Amberina-Glas in einen silbernen Anhänger einfassen lassen, den ich manchmal als Glücksbringer an einer Kette um den Hals trage.

Ich saß also da am Strand und dachte an all diese Sachen und an den Tag, wo Dad und ich dieses Amberina-Glas gefunden haben, und dass es das letzte Mal war, dass Dad und ich zusammen nach Meeresglas gesucht haben, und wie er dann krank wurde. Und … und dann fing ich an zu weinen, einfach so, unten an den Stufen. Ich weiß nicht, wie lange ich da saß, aber ich konnte einfach nicht aufhören zu weinen. Die Frau habe ich gar nicht bemerkt. Plötzlich war sie da, mit einem Hund, so einem Cockerspaniel. Sie stand vor der Treppe und sagte: «Meine Kleine, ist alles in Ordnung? Hast du dich verlaufen?» Ich bin aufgesprungen. «Lassen Sie mich in Ruhe!», schrie ich sie an. Und dann bin ich die Stufen raufgerannt. Ungefähr in der Mitte musste ich stehen bleiben, weil mir die Luft ausging. Ich rief Mom an, bekam aber nur ihre Mailbox dran. Ich hinterließ eine weinerliche Nachricht, dass ich sie vermisse, was auch stimmt. Ich vermisse sie sehr. Und Dad vermisse ich noch mehr. Aber das habe ich ihr nicht aufs Band gesprochen. Es würde sie nur traurig machen.

Später, nach dem Essen, kamen ein paar Freunde von Barry zum Pokerspielen, also musste ich die Küche aufräumen und alle Töpfe und Pfannen in die Spülmaschine stellen, die Barry zum Kochen benutzt hatte, na toll. Er ist richtig schlampig in der Küche. Mom rief mich zurück, aber ich hatte keine Lust mehr zu reden. Ich habe ihr gesagt, ich müsste noch Hausaufgaben machen. Was stimmt. Darum sollte ich mich jetzt wohl dransetzen. Bis nachher.

Eine Stunde später

Du wirst nicht glauben, was gerade passiert ist! Wie krass ist das denn?! Nachdem ich meine Hausaufgaben gemacht hatte, bin ich wieder auf die Compute-a-thon-Seite gegangen, um nach Silas zu suchen, konnte ihn aber nicht finden. Aber dann sah ich, dass jemand mir eine Direktnachricht geschickt hat – und kann man es fassen? Sie stammte von jemandem namens Cyberfella! Was für ein Zufall! Da stand: «Grüße von Cyberfella an Cyberfella!» Ich antwortete: «Grüße zurück!» Dann wartete ich auf eine weitere Nachricht, aber wer immer es war, war nicht mehr online. Sein vollständiger Username ist cyberfella1250KR. Ich starrte ewig lange darauf, und plötzlich wusste ich, wer das ist! Ich habe keine Ahnung, was 1250KR bedeutet, aber cyberfella ist: **Si**las **Ber**nard **Feller**! = Cyberfella!

Ich war plötzlich derartig glücklich, ich musste das Fenster aufreißen. Ich atmete die herrliche frische Meeresluft ein und schaute hinauf in die Sterne. Wir wohnen in einer sehr ruhigen Gegend, wo die Leute früh schlafen gehen. Und weil alle Lichter schon aus waren, konnte ich massenhaft Sterne sehen – winzige Lichtpunkte, die genauso schnell blinkten wie mein Herz pochte. Ich wünsche mir immer, ich könnte viel mehr von den Sternen sehen. Ich wünschte, meine Augen wären wie zwei Ferngläser oder Teleskope und ich könnte die Oberfläche der Venus zu mir ranzoomen. Oder den Mond. Am Montag war Vollmond, aber gestern war er immer noch riesig und silbern und ein bisschen wie ein runder Lolli, den man an der einen Seite angeleckt hat.

Ich wartete noch ein bisschen, falls Cyberfella mir zurückschreiben würde, aber er tat es nicht. Er denkt natürlich, dass ich auch ein Junge bin, ein «fella», darum warte ich lieber, bis er mir schreibt. So wie Jungen das eben machen, stimmt's?

Donnerstag, 18. September

Es wird immer spannender! Cyberfella1250KR alias Silas Bernard Feller hat zurückgeschrieben! «Hey, Cyberfella104-20QW, bestimmt gehst du am Samstag auch zum Einstufungstest vom Compute-a-thon, oder? Vielleicht erzählst du mir dann ja, was 104-20QW heißt, haha.» Ich schrieb zurück: «Wenn du mir sagst, was 1250KR bedeutet, erzähle ich dir, was 104-20QW heißt.» Und dann schickte ich noch einen umgedrehten Smiley hinterher.

Während ich auf seine Antwort wartete und meine Seite immer wieder aktualisierte, kam Barry zu mir ins Zimmer. Er meinte, er müsste Samstag für einen Freund einspringen, der krank geworden ist, und von neun bis dreizehn Uhr einen Schreibworkshop an der Uni leiten. Ich meinte, dass ich die Zwillinge auf keinen Fall babysitten könnte, weil da die Eignungstests für den Compute-a-thon stattfindet. Er meinte, «der Test ist doch erst um zwölf Uhr, oder?» Oh-oh, ich wusste gleich, was kommt. «Die Zwillinge haben von zwölf bis 13.20 Uhr ein Hockeyspiel», sagte er. «Wenn du sie vorher hinbringst, so um zwanzig nach elf, dann kannst du doch locker um zwölf Uhr bei diesem Computerdings sein. Ich sage dem Trainer, er soll die Jungen in Empfang nehmen. Und ich hole sie dann nach dem Spiel ab.»

Als Barry wieder draußen war, knallte ich die Tür hinter ihm zu. Richtig laut. Und dann lud ich meine Seite noch mal neu, und tada! – Silas hatte zurückgeschrieben: «Wollen wir uns vor dem Testraum treffen, bevor es losgeht?»

Jaaaaaa!!!!!

Ich konnte es kaum glauben und hüpfte vor Freude in meinem Zimmer herum! Ich glaube, ich fing sogar ein bisschen an zu hyperventilieren. Ich ging ins Badezimmer und spritzte mir kaltes Wasser ins Gesicht, um mich zu beruhigen. Dann setzte ich mich wieder an meinen Schreibtisch. «Wie erkenne ich dich?» schrieb ich cyberfella1250KR zurück. «Ich kann ja nicht jeden fragen, ob er cyberfella heißt.» Ich wusste natürlich, dass es Silas ist, aber das sollte er ja nicht wissen. Ich überlegte kurz, ob ich ihm sage, dass ich kein Junge bin, aber dann fand ich, es ist lustiger, ihm das nicht zu erzählen. Ich bin so gespannt auf sein Gesicht, wenn er merkt, dass ich ein Mädchen bin. Okay, vielleicht ist das ein bisschen gemein, aber egal.

Und dann wartete ich auf seine Antwort.

Und wartete.

Und wartete.

Ich machte Hausaufgaben. Ich aß Abendbrot. Ich las *Unsere kleine Stadt* – noch mal. Ich verabredete mich mit Jyothi für Dienstag nach der Schule.

Immer noch keine Antwort.

Ich bin am Ende.

Freitag, 19. September

Die Schule hat sich heute endlos hingeschleppt. Ich wollte so schnell wie möglich nach Hause, um zu sehen, ob Silas geantwortet hatte. Hatte er aber nicht. Ich war ziemlich schlecht drauf deswegen und bin erst mal die Bedingungen für den Eignungstest des Programmierwettbewerbs durchgegangen: Wir dürfen unseren eigenen Taschenrechner benutzen und unsere eigenen Laptops, aber wir kriegen auch Computer gestellt, wenn wir wollen. Ebenso wie Stifte und Papier. Wir sollen nicht vergessen, die von unseren Eltern unterschriebene Erlaubnis mitzubringen. Die Türen werden um Punkt zwölf Uhr geschlossen.

Endlich, als ich gerade ins Bett wollte, blinkte mein Chat-Button. Eine Nachricht! «Du erkennst mich an meinem orangefarbenen T-Shirt», schrieb Cyberfella. «Darauf steht *Legend. Since. 1994.*»

Ein T-Shirt ist eine gute Idee. Ich habe auch so ein Ähnliches in Türkis. Ich habe es zu meinem letzten Geburtstag bekommen, aber nie getragen. Es lag ganz unten in meiner T-Shirt-Schublade – total zerknittert, aber sauber. Ich antwortete Silas: «Alles klar! Auf meinem T-Shirt steht *Made in California. 1995*. Bis morgen!»

Samstag, 20. September

Heute war der krasseste Tag überhaupt! Ich glaube, ich werde mich für den Rest meines Lebens an jede Einzelheit erinnern.

Barry war schon los zu seinem Workshop, als ich aufgestanden war. Ich kümmerte mich darum, dass die Jungs fertig waren und gepackt hatten, damit wir pünktlich loskamen. Auf keinen Fall wollte ich zu spät zum Test kommen! Ich zog Jeans an, mein türkisfarbenes T-Shirt, meine Jeansjacke, und dann legte ich mir noch die silberne Kette mit dem orangefarbenen Amberina-Anhänger um den Hals, meinen Glücksbringer. Das Orange sah hübsch aus auf dem Türkis. Aber als wir unsere Fahrräder aus der Garage holten, stolperte Giles über eine von den Umzugskisten, die noch vom Umzug da rumstehen. «Mein Bein!», heulte er. Und Miles reimte sofort, «Wie gemein!» und verzog das Gesicht, als er die fette Schramme sah.

Als ich Giles Wunde versorgt und ihm ein Pflaster draufgeklebt hatte, waren wir schon ziemlich spät dran. Aber wenn wir uns beeilten, würde ich es noch pünktlich schaffen.

Also fuhren wir los.

Aber als wir den Hügel runter waren und links abbogen, blieb Miles plötzlich stehen. «Was ist los?», rief ich. «Mein Reifen ist platt», meinte er. «Und ich hab es satt!», reimte ich ausnahmsweise.

Niemand von uns hatte Flickzeug dabei, weil das bei den Fahrradständern der Schule immer nur geklaut wird. Wir schoben die Fahrräder also wieder den Hügel rauf. Ich schäumte vor Wut – aber ich dachte, wenn wir schnell sind, schaffe ich's noch.

Falsch gedacht. In der Garage war natürlich kein Flickzeug zu finden. Ich rief Barry an. Er ging nicht dran. Sein Workshop hatte schon längst angefangen.

Ich rief Mom an, mittlerweile schon total hysterisch. Sie war gerade mit ihrem Agenten und ihrer Verlegerin beim Mittagessen. «Mom, ich darf den Compute-a-thon auf GAR KEINEN FALL verpassen!», schrie ich ins Telefon. Die Verbindung war schrecklich, weil sie in den Bergen war, in den Berkshires. Sie meinte, sie ruft mich so schnell wie möglich zurück.

Ich wartete.

Und wartete. Ich überlegte, ob ich Giles und Miles einfach allein zu Hause lassen konnte. Dafür musste ich aber erst Mom fragen. Ich versuchte sie wieder anzurufen, aber ich kam nicht durch.

Dann überlegte ich, ob ich Giles und Miles mit zur Schule nehmen sollte. Miles könnte auf der Stange meines Fahrrads sitzen oder auf dem Gepäckträger. Warum hatte ich bloß nicht vorhin dran gedacht, als wir unten waren? Vielleicht könnte ich sie in irgendeinem Klassenzimmer einsperren, damit sie nichts anstellen.

Als ich den Jungs meinen Plan erzählte, fingen sie an zu schreien: Sie müssten unbedingt zu ihrem Hockeyspiel, weil sie mitten in einem Turnier wären und ihre Mannschaft auf sie zählt. «Wir müssen zum Spiel!», schrie Giles. «Es zählt echt viel!», rief Miles. Und dann fingen sie an zu heulen. Und dann fing ich auch an zu heulen. Mittlerweile war es schon zwanzig vor zwölf. Ich hätte JETZT schon in der Schule sein müssen. Spätestens in zehn Minuten, sonst würde ich ausgeschlossen. Und konnte mich nicht mit Silas Bernard Feller treffen. «Bitte, bitte», betete ich laut vor mich hin. «Kann mir bitte jemand helfen!»

Und in diesem Moment klingelte es an der Tür.

Es war Onkel Nick, Dads kleiner Bruder. Er zeigte auf einen SUV vor der Auffahrt. *Hazelworth's* stand auf der Seite. «Hallo, Cyberbella-Schatz», sagte er. «Spring in meine Kutsche, sonst kommst du zu spät zum Ball.»

Meine gute Fee!

Mom hatte die Idee gehabt, Nick anzurufen. Und er rettete mich praktisch in letzter Minute.

Oder auch nicht. Denn als ich in die Schule kam, schlug die Uhr gerade zwölf.

Ich raste die Treppen rauf und den Schildern zum Compute-a-thon nach. Meine Schritte hallten richtig laut in den leeren Fluren. Die Stille war kein gutes Zeichen. Als ich durch die Schwingtüren in den Flur vor dem großen Computerraum preschte, war niemand mehr zu sehen. Alle waren schon drin. Ich drückte die Klinke.

Abgeschlossen.

Ich versuchte es noch mal.

Wieder nichts.

«Die haben die Türen schon zugemacht», sagte eine Stimme hinter mir.

Es war ein Mädchen. Sie war groß und hatte sehr blonde und sehr glatte Haare. Praktisch das genaue Gegenteil von mir. Habe ich schon erwähnt, dass ich klein bin und einen Kopf voller dunkler Locken habe?

«Es ist doch erst zwei Minuten nach!», keuchte ich.

«Sie haben ja gesagt, dass sie pünktlich anfangen. Ich bin vor einer Minute gekommen, und da war auch schon abgeschlossen.»

Das Mädchen meinte, es würde jetzt warten, bis der Test vorbei wäre, und dann versuchen, den Leiter zu überreden, dass sie den Test nachmachen durfte. Ich sagte: «Klingt nach einem guten Plan.»

Sie setzte sich auf das Fensterbrett. Ich setzte mich neben sie. «Ich heiße Nella», sagte sie. «Nella Goldstein-Haselbach. Ich gehe auf die Avalon Highschool. In die Neunte.»

Ich stellte mich ebenfalls vor. «Ich heiße Bella. Bella Louise Hazelworth. Ich gehe auf die Windmare Middleschool. In die achte Klasse.»

Wir schwiegen kurz, dann sagte sie: «Ich musste meine Stiefschwestern zu einem Hockeyspiel bringen. Darum bin ich zu spät gekommen.»

«Du hast echt Stiefschwestern? Ich habe Stiefbrüder», sagte ich. «Und ich sollte sie zu *ihrem* Hockeyspiel bringen, aber dann hatte einer von den Jungs einen Platten, und darum bin ich zu spät gekommen und – ach, vergiss es!»

«Schon vergessen.»

Ich kicherte.

Sie seufzte.

Ich seufzte.

«Es ist heiß hier drin», meinte sie.

«Ja.»

Sie zog ihre Jeansjacke aus. Darunter trug sie ein orangefarbenes T-Shirt. Und darauf stand *Legend. Since. 1994*.

Wie merkwürdig. Es war genau so ein T-Shirt, wie Silas es tragen wollte. Ich dachte, vielleicht hat die ganze neunte Stufe so ein T-Shirt, weil ja die meisten 1994 geboren wurden.

Nella holte eine Flasche Wasser aus ihrem Rucksack. An ihrem Handgelenk trug sie ein Armband mit einem Anhänger. Er sah aus wie rotgelbes Meeresglas, wie Amberina.

Mir war auch heiß. Ich riss mir die Jeansjacke auf.

«Oh!», sagte Nella.

Ich sah sie an. «Was ist?»

«Ist das Amberina-Glas?», fragte sie und deutete auf meine Kette. Sie rückte näher an mich heran.

Ich hielt ihr den Anhänger hin.

«Wow! Der sieht aus wie ein Schuh!», sagte sie, und dann hob sie den Arm und zeigte mir ihren Anhänger.

Ich bekam überall Gänsehaut, denn ihr Anhänger sah auch aus wie ein roter Glasschuh mit gelber Spitze und orangefarbenem Absatz. Mein Schuh ist orange mit roter Spitze und gelbem Absatz. War das etwa das Stück Amberina-Glas, das ich verloren hatte, damals am Strand mit meinem Vater? Wäre das nicht der verrückteste Zufall der Welt?

«Das ist ja krass!», sagte ich. «Als ob diese beiden Glasschuhe zusammengehören. Ich habe meinen vor vier Jahren am Strand gefunden. Zusammen mit meinem Vater. Kurz bevor er starb.»

«Und ich habe meins mit meiner Mutter gefunden. Vor vier Jahren. Kurz bevor sie starb.»

«Wow», sagte ich. Ich fühlte mich ganz wuschig, wie verhext irgendwie.

«Was für ein Zufall», sagte sie und deutete auf mein T-Shirt.

«Was denn?», fragte ich.

«*Made in California. 1995.* Ich war hier mit einem Jungen

verabredet. Er meinte, er würde so ein T-Shir... Was guckst du denn so komisch?»

Ich deutete auf ihr T-Shirt. «Ich war hier auch mit einem Jungen verabredet, und er hat gesagt, er würde ein T-Shirt mit dem Slogan *Legend. Since. 1994* tragen.»

Wir starrten uns an.

«Cyberfella?!?», riefen wir wie aus einem Mund.

«Ja!», sagte Nella. «Cyberfella1250KR. 1250 ist meine frühere Hausnummer an der King's Road. Zu Hause nennen sie mich immer Cybernella. Ich dachte, ich wäre mit Silas Bernard Feller verabredet.»

«Ich auch! Ich bin Cyberfella104-20QW. 104-20 ist meine alte Adresse am Queens Way. Zu Hause werde ich Cyberbella genannt. Silas und ich waren vorher auf einer Schule.»

«Er geht jetzt auf meine.»

Wir fingen an zu lachen. Und konnten nicht mehr aufhören.

Aber dann fingen wir an zu reden. Es gab so viel zu erzählen!

Später, als sich die Türen vom Computerraum öffneten und alle herausströmten, redeten wir schon von all den Apps, die wir zusammen entwickeln wollen. Nella meinte, wir können unser Büro in ihrer Garage einrichten. Ich habe als Firmenname *Amberina Applications* vorgeschlagen. Und dass meine Freundin Jyothi Ramjee das Logo entwerfen soll.

Nella und ich waren so in unser Gespräch vertieft, dass wir gar nicht mitkriegten, dass Silas Bernard Feller neben uns stand und darauf wartete, dass wir ihn bemerkten.

Er räusperte sich. «Hi», meinte er.

Wir schauten ihn an und prusteten los.

Er marschierte verwirrt davon.

Wir gingen in den Computerraum und baten um einen Nachholtermin für den Test, aber keine Chance, wir sind vom Wettbewerb ausgeschlossen worden. Es ist zwar ein bisschen schade, aber irgendwie machte es uns gar nicht so viel aus. Wir zuckten die Schultern, hakten uns unter und traten hinaus in den goldenen kalifornischen Sonnenschein, wo unsere Zukunft auf uns wartete. Wir konnten kaum erwarten, dass sie begann. Aber dann wurde uns auf einmal klar, dass sie ja schon begonnen hatte.

Dieser jugendliche Gefühlsausbruch, die liebenswerte, überschwängliche Aschenputtel-Nacherzählung *Auszug aus dem Tagebuch von Bella Louise Hazelworth alias Cyberbella* wurde offensichtlich nicht wegen ihrer literarischen Qualitäten in diese Sammlung aufgenommen. Doch der Text gehört unbedingt in dieses Buch, und das nicht nur wegen der unstrittigen Bedeutung seiner Verfasserin für die Entwicklung der Informationstechnologie im 21. Jahrhundert, sondern auch weil er ein gutes Beispiel dafür ist, wie sehr Märchen und ihre wundersame, magische, beinahe heilsame Wirkung die Gedankenwelt der westlichen Zivilisation im 21. Jahrhundert immer noch prägten, trotz der Schrecken des einsetzenden Dark Winter.

Der Text, der angeblich von der dreizehnjährigen Bella Louise Hazelworth 2008 verfasst wurde, wurde erst 2043 erstmalig veröffentlicht, und zwar zum fünfunddreißigsten Jahrestag der Gründung von Hazelworths und Haselbachs bahnbrechendem Start-up-Unternehmen Amberina Applications.

Hazelworth war eine der schillerndsten Figuren der IT-Technologie des 21. Jahrhunderts. Sie war Mitgründerin und Co-Geschäftsführerin von Amberina, Erfinderin des Moon Zoomer, und zählte zu dem Wissenschaftsteam, das für die Entwicklung der ersten Brain-Button-Interfaces verantwortlich war. Sie und Nella Goldstein-Haselbach sollen sich tatsächlich als junge

Mädchen kennengelernt haben, und mit ihrem Tagebucheintrag untermauerte Hazelworth diese Legende nur zu gern.

Leider ließ sich nie zweifelsfrei nachweisen, ob dieser Tagebucheintrag tatsächlich 2008 entstand. Bei seiner Veröffentlichung 2043 wurde er von diversen Kritikern als bloßer PR-Gag gedeutet. Riley Jaye-Nee, die bekannteste Märchen-Spezialistin des 22. Jahrhunderts, wies in ihrer Kritik darauf hin, dass man weder das Original-Word-Dokument noch andere Tagebucheinträge der Firmengründerin und Informatikspezialistin Hazelworth hatte finden können. Ein Grund dafür könnte natürlich auch Dark Winter sein, der Kalifornien und die amerikanische Westküste hart traf, besonders das Gebiet südlich von Los Angeles, das man Orange County nannte.

Belegt ist, dass Hazelworths Vater starb, als sie neun Jahre alt war, und dass Goldstein-Haselbachs Mutter starb, als diese zehn Jahre alt war. Nachgewiesen ist auch, dass beide mit ihren Zwillings-Stiefgeschwistern sowie Stiefvater bzw. Stiefmutter lebten. Diese Elemente sind ebenso Anklänge an das ursprüngliche Aschenputtel-Märchen der Brüder Grimm wie Bellas und Nellas gläserne Schuh-Anhänger und die erste Silbe ihrer Nachnamen (Hazel und Hasel – Aschenputtels Mutter wurde, wie die Lesenden sich erinnern, unter einem Haselnussbaum begraben). In späteren Fassungen des ursprünglichen Märchens gelingt es einer guten Fee, Aschenputtel zum Ball zu bringen. Ob Hazelworths väterlicher Onkel Nick, den sie im Tagebuch als «gute Fee» bezeichnet, die junge Bella damals wirklich zum Compute-a-thon brachte, lässt sich jedoch nicht nachweisen.

Die Darstellung von Barry Masterson als bösem Stiefvater ist vermutlich als dichterische Freiheit vonseiten der Autorin zu deuten, um seine Figur dem Aschenputtel-Märchen anzupassen.

Hazelworths Mutter Amy Yang war tatsächlich eine renommierte Schriftstellerin. Sie gilt noch heute als eine der bedeutendsten nordamerikanischen Chronistinnen der ersten Hälfte des 21. Jahrhunderts. Belegt ist außerdem, dass Bellas Stiefbrüder, die «reimenden Zwillinge» Giles und Miles, sowie Nellas Stiefschwestern Briona und Fiona etwa zwanzig Jahre später eine Doppelhochzeit feierten. Alle vier besaßen Anteile an Amberina Applications und arbeiteten in der Entwicklung und im Management des Zweifamilienunternehmens. Auch Silas Bernard Feller war keine Erfindung der Autorin. Nach seinem Studium entwickelte er sich zu einem bekannten Theater- und Filmschauspieler und zählte 2041 zu den ersten Prominenten, die für den revolutionären Moon Zoomer warben, eine Erfindung von Amberina zur Beobachtung der Sterne und anderer Himmelskörper. Er war mit den beiden Frauen bis zu seinem frühen Tod verbunden. Mit nur vierundsechzig Jahren fiel er dem sogenannten Hollywood Wild Fire zum Opfer.

Die beiden «Cyberfellas» Bella und Nella führten bekanntermaßen ein erfolgreiches Leben. Sie waren Menschenrechts-Aktivistinnen und gingen offen mit ihrer Sexualität um (sie bezeichneten sich selbst als bisexuell). Die beiden heirateten sich schließlich und brachten mit nur wenigen Wochen Abstand zwei Kinder zur Welt – Rosie Hazelworth-Haselbach und Olli Haselbach-Hazelworth (Vater von beiden war Silas Bernard

Feller). Die beiden Frauen blieben ihr Leben lang als Freundinnen, Ehefrauen, Mütter und Geschäftspartnerinnen zusammen – was in Anbetracht der harten Zeiten, in denen sie lebten, fast ein Märchen für sich war.

Novella

Es waren einmal ein Mann und eine Frau, die führten tief im Herzen der Wälder ein ruhiges, einfaches Leben. Sie war Gärtnerin, konnte halbtote Pflanzen zum Blühen bringen, war sparsam mit Geld, aber nicht mit ihren Gefühlen und gewann fast immer beim Pokerspiel. Sie lachte gern. Er lachte gern mit ihr. Er war Weltmeister im Kopfrechnen, ein Champion in Tangotanz, ein lausiger Pokerspieler, aber ein herausragender Holzfäller. Seine Bäume dienten dem Wiederaufbau der Städte, die durch Kriege zerstört und von Seuchen geplagt waren.

In ihrem Dorf im Wald hatten die Eheleute alles, was sie für ein ruhiges, einfaches Leben brauchten: genügend zu essen, ein Dach über dem Kopf, Kleidung, eine ordentliche Krankenversicherung. Doch das, was sie sich am meisten wünschten, bekamen sie nicht: ein Kind.

Man stelle sich die große Freude der beiden vor, als die Frau nach vielen Jahren bemerkte, dass sie schwanger war. Sie jätete weiter ihr Unkraut und erntete ihren Salat (besonders gut gedieh ihr der Feldsalat, auch bekannt als Rapunzel), aber jeden Mittag ruhte sie sich in einer sonnigen Waldlichtung aus. Denn das Vitamin D, das sie durch die Sonne aufnahm, sollte, so hatte sie gehört, die Schwangerschaft günstig beeinflussen.

Etwa um die Zeit, als die Frau erfuhr, dass sie schwanger war, bemerkten sie und ihr Mann, dass auf dem Grundstück hinter ihrem Haus gebaut wurde. Das Grundstück war von einer Mauer umgeben, doch im ersten Stock vom Fenster ihres Schlafzimmers aus konnte das Paar hinübersehen. Jeden Tag wuchs das neue Haus ein Stück höher. Eine große, schlanke Dame mit dunklen Augen und dunklen Haaren, mit strenger Miene und immer in Grau gekleidet – ganz offenbar eine Frau aus der Stadt – schien die Bauherrin zu sein.

Eines Tages fuhren mehrere Lastwagen vor das Haus. Möbelpacker luden schwere Kisten ab und trugen sie ins Haus. Danach blieben die Türen und Fensterläden verschlossen, doch einmal in der Woche öffnete die große, strenge Dame aus der Stadt alle Fenster, um das Haus zu lüften. Bei dieser Gelegenheit konnte das Paar, das an seinem Schlafzimmerfenster im ersten Stock stand, einen Blick ins Haus ihrer Nachbarin werfen.

Sie trauten ihren Augen kaum, denn sie sahen: Bücher.

Bücher!

Die Wände waren voller *Bücher*!

Die schwangere Frau spürte, wie ihr das Herz aufging. Längst vergessene Erinnerungen an ihre Kindheit in der großen Stadt überfluteten sie: Ihre Eltern hatten ihr aus Büchern vorgelesen, wundersame Geschichten voller Magie und Sehnsucht. Als Kind hatte sie viele Geschichten gelesen, doch schon damals waren Bücher ein Luxus gewesen. Niemand druckte sie mehr. Als während der Kriege die Wärmeversorgung zusammenbrach, und noch später, als alles Feuerholz verbraucht war, wurden die noch übrig gebliebenen Bücher als Brennstoff verheizt.

Und schließlich gab es keine mehr.

Der Frau traten bei der Erinnerung an ihre Eltern die Tränen in die Augen. Sie waren vor langer Zeit gestorben, waren den Wild Fires zum Opfer gefallen, die sich durch die Städte fraßen und mancherorts immer noch wüteten. Voller Vorahnung hatten die Eltern ihre geliebte Tochter an einen fernen Ort geschickt. Sie wurde zusammen mit anderen Kindern auf ein Schiff gebracht, das weit über das Meer zu einer Insel fuhr. Dort in einem Dorf tief im Herzen der Wälder, wo das Gras smaragdgrün leuchtete, sollten sie in Sicherheit leben.

Das Mädchen wusste, sie würde ihre Eltern niemals wiedersehen.

Und sie hatte recht behalten.

Bis zu diesem Tag hatte sie auch kein Buch mehr gesehen. Ihr Dorf war arm und konnte sich keine Bücher leisten.

Das Gerücht ging um, dass die große, schlanke Dame mit den dunklen Augen und den dunklen Haaren, diese Frau aus der Stadt, eine böse Hexe sei. Das Paar hielt das für Unsinn. Die Nachbarin war bloß die Hüterin dieser Bücher, vermuteten sie. Sie hatten von ähnlichen Fällen gehört, denn in den Städten gab es kriminelle Netzwerke, die mit wertvollen Büchersammlungen handelten. Die Bücher waren wohl hier in ihr Dorf tief im Wald in Sicherheit gebracht worden.

Tage vergingen. Die Frau musste immer an die Bücher denken.

Wochen vergingen. Das neue Leben wuchs in ihrem Bauch.

Eines Tages sah die Frau, dass die Nachbarin im Garten hinter ihrem Haus in einem Buch las. Als die Sonne hinter ein paar Wolken verschwand, ging die Nachbarin wieder ins Haus. Das Buch hatte sie auf ihrem Liegestuhl liegen lassen.

Oh, wie die Frau sich danach sehnte, das Gewicht dieses Buches in den Händen zu spüren, seine Seiten umzublättern, die Nase hineinzustecken und den Duft von altem Papier einzuatmen. Nur zu gern wollte sie die Figuren kennenlernen, die darin wohnten, ihre Trauer und ihre Freude teilen. «Liebster», sagte die Frau zu ihrem Mann und deutete auf den Garten hinter der Mauer, «ich glaube, ich werde sterben, wenn ich das Buch da nicht haben kann. Ich bin schon ganz krank vor Verlangen. Ich hätte große Lust, über die Mauer zu klettern und mich hinzuschleichen.»

Der Mann sah, dass seine Frau tatsächlich krank war. Ihr Blick war getrübt, ihre Stirn glänzte fiebrig. Er wusste, sie würde ihr Kind verlieren, wenn sie das Buch nicht bekam. Aber wenn sie über die Mauer kletterte, könnte sie ebenfalls das Kind verlieren. Oder noch schlimmer, er könnte sie verlieren, seine Liebste. Was, wenn sie fiel und sich den Schädel aufschlug? Oder wenn sie gefasst und ins Gefängnis gesteckt würde? Hausfriedensbruch und Diebstahl wurden hart bestraft.

Als der Abend kam, beschloss der gute Mann, dass nur er und er allein die Mauer erklimmen würde.

Was für ein Wahnsinn, dachte er, als er sich daran hochzog. Er hatte immer ein ruhiges, einfaches Leben geführt, und nun war er auf einmal ein Dieb und setzte alles aufs Spiel! Trotzdem schlich er sich in den Garten, nahm das Buch vom Liegestuhl und kletterte zurück über die Mauer.

Seine Frau war überglücklich. Mit fiebernden Händen schlug sie das Buch auf und begann zu lesen:

Vor vielen Jahren, als noch niemand, der heute auf der Erde wandelt, geboren war, machte sich eine junge Frau auf, den Sinn des Lebens zu ergründen. Nach einiger Zeit musste sie an einer roten Ampel stehen bleiben, wo ein junger Mann, der ausgezogen war, um sein Glück zu suchen, ebenfalls auf Grün wartete. Diese zufällige Begegnung veränderte alles.

Die Frau verschlang das Buch so schnell, dass sie sich kaum daran erinnern konnte, was sie gelesen hatte. Am nächsten Tag las sie es noch einmal. Es war ein Roman, ein kurzer Roman, genauer gesagt eine Novelle. Es ging um Liebe, Verrat und Vergebung. Jede Seite war für sie ein Genuss. «Liebster», sagte sie zu ihrem Mann, «ich werde sterben, wenn ich nicht noch so ein Buch lesen kann. Kannst du dieses zurückbringen und mir ein anderes holen?»

Der Mann sah, dass das Buch seiner Frau neues Leben eingehaucht hatte. Ihre Wangen waren wieder rosig, ihre Augen nicht länger trüb. So stieg er bei Einbruch der Nacht wieder über die Mauer. Er schlich sich zur Terrasse, um das Buch zurückzulegen, und überlegte, wie um alles in der Welt er ungesehen ins Haus und bis zur Bibliothek gelangen sollte, als zu seinem Entsetzen die große, schlanke Dame aus der Stadt aus den Schatten hervorsprang. «Du bist also der Schuft, der meine Novelle gestohlen hat!», rief sie. «Dafür wirst du teuer bezahlen!»

Die Nachbarin sah ihn mit so strengem Blick an, dass der Mann all seinen Mut zusammennehmen musste, um zu antworten. «Verehrte Dame, meine Frau ist schwanger», erklärte er. «Sie hat Ihre Bücher aus unserem Schlafzimmerfenster gesehen und sich schrecklich danach gesehnt.» Er öffnete seinen Rucksack und reichte ihr die Novelle. «Dieses Buch hat sie mit größtem Genuss gelesen. Bitte verzeihen Sie uns.»

«Deine Frau ist schwanger?», sagte die Frau misstrauisch und zog die Augenbraue hoch.

«Ja», antwortete der Mann mit zitternder Stimme. «Wir bekommen ein Kind.»

«Und deine Frau liest?» Die Stimme der Frau klang nun viel sanfter als zuvor.

«Natürlich liest sie. Wir Forester können alle lesen.»

«Ich meine, sie liest gern?»

«Oh ja, allerdings! Leider besitzen wir keine eigenen Bücher. Dieses hier war für meine Frau das erste Buch seit fünfundzwanzig Jahren.»

«Ich dachte, du hättest das Buch gestohlen, um es auf dem Schwarzmarkt zu verkaufen.»

«Du liebe Güte, nein!», sagte der Mann entsetzt.

Die Dame glaubte ihm und dachte einen Augenblick nach. Dann sagte sie: «Deine Frau darf so viele von meinen Büchern lesen, wie sie möchte. Unter einer Bedingung.»

«Alles, was Sie wollen», sagte der Mann, der sich immer noch fürchtete.

«Ihr erlaubt mir, euer Kind zu erziehen. Das heißt, falls ich es will. Ich werde kommen, wenn das Kind alt genug ist, und dann entscheide ich darüber.»

Der Mann war einverstanden und unterzeichnete sogar einen dementsprechenden Vertrag. Die eine Bedingung der Frau erschien ihm akzeptabel, denn sie war Städterin und Buch-Hüterin. Sie besaß Wissen. Er wünschte für sein Kind nur das Beste.

Der Mann eilte mit dem Vertrag und so vielen Büchern, wie er nur tragen konnte, nach Hause und erzählte seiner Frau von seiner Begegnung. Sie fand genau wie er, dass seine Entscheidung vernünftig gewesen war. Die Dame aus der Stadt war sicher eine bessere Lehrerin, als sie selbst es war, eine einfache Gärtnerin.

Von diesem Tag an las die gute Frau, wann immer sie konnte. Sie las ein Buch nach dem anderen. Sie liebte sie alle, jedoch keines so wie das erste, die Novelle. Diese las sie immer wieder. Sie las sie sogar laut vor, damit ihr ungeborenes Kind es hören konnte. Ihr Mann saß dabei neben ihr am Kamin und lauschte ebenfalls. Wenn das Kind zum Klang der Stimme seiner Mutter mit seinen winzigen Füßen strampelte, nahm die Frau die Hand ihres Mannes und legte sie sanft auf ihren runden Bauch.

Bald darauf gebar die Frau ein Mädchen. Sie nannte es Novella.

Die große, strenge Dame aus der Stadt, die Hüterin der Bücher, kam zu Besuch. Sie bedachte das Baby mit einem flüchtigen Blick und erklärte daraufhin, dass sie in die Stadt zurückkehren würde. Einmal pro Woche würde jemand die Türen zu den Schätzen der Bibliothek öffnen, und der Mann und die Frau dürften sich dann die Bücher ausleihen, die sie wollten. Sie wünschte den beiden viel Glück und ging.

Novella wuchs und gedieh an Muttermilch, an den Früchten und Gemüsen des Gartens mitten im Wald, an der Liebe, die sie umgab. Sie wuchs zu einem goldigen Kind heran, einem hellblonden Engelchen mit sonnigem Gemüt und bernsteinfarbenen Augen. Sie schien förmlich vor Licht zu leuchten. Welcher Zauberer hatte ihr diese Schönheit geschenkt? Novellas Mutter lächelte still in sich hinein. Vielleicht hatten die Ruhestunden, die sie auf der Lichtung im flirrenden Sonnenschein verbracht hatte, sich tatsächlich ausgezahlt.

Bald schon war Novella überall in nah und fern bekannt, und das nicht so sehr wegen ihrer Schönheit – die an sich schon außergewöhnlich war –, sondern wegen ihres außergewöhnlich klugen Kopfes, mit dem sie alle bezauberte. Mit drei Jahren hatte sie sich selbst das Lesen beigebracht. Mit vier Jahren half sie dem Krämer beim Rechnen, und mit fünf Jahren unterhielt sie sich mit ausländischen Reisenden auf Spanisch und Mandarin und manchmal sogar in der toten Sprache Deutsch. Welcher Zauberer hatte Novella dieses Genie verliehen? Ihre Mutter lächelte still in sich hinein. Vielleicht hatten all die Stunden, die sie ihrer Tochter in ihrem Bauch vorgelesen hatte, sich tatsächlich ausgezahlt.

Eines Tages, kurz vor Novellas sechstem Geburtstag, klopfte es an der Tür. Draußen stand die große, schlanke Dame mit den dunklen Augen, den dunklen Haaren und der strengen Miene, die Frau aus der Stadt. «Ich wünsche, mit Novella zu sprechen», sagte sie.

«Aber es ist zu früh!», rief die Mutter. «Sie haben gesagt, Sie kommen, wenn Novella alt genug ist. Sie ist noch zu jung!»

«Das entscheide ich selbst», sagte die strenge Dame.

Sie fanden Novella in der Werkstatt ihres Vaters, wo sie

mit nackten Füßen fröhlich im Sägemehl tanzte. Sie liebte es, barfuß zu tanzen. Sie liebte den Geruch von frischer Holzlasur. Und sie liebte den Duft von frisch gesägtem Holz, von Sägemehl und auch von Holzspänen, die überall herumlagen, wenn ihr Vater aus einem dicken Holzklotz einen springenden Ziegenbock schnitzte.

Die große, schlanke Dame nahm Novella bei der Hand, hieß sie sich setzen und unterhielt sich stundenlang mit ihr. Dann ging sie ohne ein weiteres Wort.

Am nächsten Morgen kehrte sie zurück. «Novella ist bei mir gut aufgehoben», erklärte sie den Eltern. «Wir reisen mittags ab.»

«Sie dürfen uns Novella nicht nehmen!», rief der Vater. Noch nie in seinem Leben hatte er solche Angst gehabt.

«Sie braucht uns!», rief die Mutter.

«Sie braucht eine besondere Förderung!», sagte die strenge Dame aus der Stadt. «Ihr das zu verweigern, wäre eine Schande. Ihr beide könnt Novella nicht das geben, was sie braucht.»

«Bitte nehmen Sie uns Novella nicht weg!», flehte die Mutter.

Die große Dame war nicht unvorbereitet gekommen. Sie zückte eine Mappe mit Papieren und hielt sie dem Mann unter die Nase. «Du hast einen Vertrag unterschrieben!»

Der Mann und die Frau wussten, dass sie nichts mehr tun konnten. Ihre geliebte Novella gehörte ihnen nicht mehr.

Die Dame mit der strengen Miene brachte Novella über das Meer in eine neue Stadt am Wasser, eine Stadt mit hohen, glänzenden Häusern aus Stahl und Glas und Wolkenkratzern so weiß und hell wie Polareis. Sie führte Novella zu einem hohen weißen Bauwerk, das früher ein Sendeturm gewesen war. Es bestand nur aus zwei oberen Stockwerken und einem endlosen Treppenhaus. Sie nannte es den Elfenbeinturm. Wegen der vielen Treppen kam niemand zu Besuch, außer natürlich die große, schlanke Dame. Sie hatte klugerweise einen neuen Lift einbauen lassen, dessen Kabine aus herrlichem Kristallglas bestand. Im Eingang des Turms, in der Mauer verborgen, befand sich ein Gerät, in das die Frau einen Code eintippte, und dann senkte sich die Kabine herab und öffnete ihre makellos polierten Glastüren.

Gelegentlich hatte der gläserne Lift Launen und weigerte sich herabzukommen. Wenn das geschah, rief die Dame

Novella, Novella,
lass den Lift herunter.

Dies war ein Geheimzeichen, das nur im absoluten Notfall verwendet wurde. Wenn Novella es hörte, wusste sie, dass sie die Kabine mithilfe eines Knopfes von oben herunterschicken musste. Wenn die große, schlanke Dame dann verärgert oben ankam, sagte sie immer: «Wir müssen den Lift reparieren lassen.» Doch sie tat es nie. «Es ist ein Konstruktionsfehler», sagte sie achselzuckend. «Man lernt, damit zu leben.»

Dies also war Novellas neues Zuhause: ein Elfenbeinturm. Dort lebte und atmete und lernte sie. Dort wuchs sie zu einer jungen Frau heran. Die Erinnerung an ihre Eltern auf der anderen Seite des Meeres, tief im Herzen der Wälder, an den Mann und die Frau, die sie in den ersten Jahren ihres Lebens so innig geliebt hatte, verblasste.

Und schließlich verschwanden sie ganz.

In ihrem Elfenbeinturm, verborgen vor der Welt, vertiefte Novella sich eifrig in ihre Studien. Es dürstete sie nach Gleichungen und Brüchen und Primzahlen, sie hungerte nach Worten und Fakten und uralten Lexika. Sie verschlang Wissen wie andere Kinder eine Schüssel Pudding mit Sahnehaube.

Die große, schlanke Dame mit den dunklen Augen und dunklen Haaren war ihre Lehrerin. Und so nannte Novella sie: Lehrerin.

Doch Lehrerin hatte ihre Grenzen. Sie war leider auch nur ein Mensch. Bald brachte sie Androidinnen zu Novella, die besten auf ihrem jeweiligen Gebiet, die Dinge wie Infinitesimal- und Differentialrechnungen viel besser erklären konnten. Sie waren bloß Maschinen, ja, doch sie waren sehr freundlich und höflich, fand Novella, viel netter als die ungeduldigen menschlichen Tutoren, alles Männer, die die Lehrerin ebenfalls herbeibrachte, um Novella in den schönen Künsten zu unterrichten. Androidinnen, muss man leider sagen, waren zu fantasielos, ihr die schönen Künste beizubringen. Die menschlichen Tutoren allerdings besaßen zwar Kreativität, waren jedoch alt und faltig und tatterig. Und sie rochen säuerlich, fand Novella. Darum beachtete sie diese Männer so wenig wie möglich und sang und zeichnete und ließ ihre Finger über die Tasten ihres Klaviers tanzen, wie es ihr gefiel.

Die Tutoren berichteten der großen, schlanken Dame, dass Novella leider keine Begabung für die schönen Künste besäße.

Oben auf dem Dach des Gebäudes trieb Novella Sport. Dort gab es einen Swimmingpool, eine Laufbahn und einen Tennisplatz. Doch auch in Sport galt Novella als unbegabt.

Manchmal schaute Novella vom Dach hinaus über die Stadt, auf all das Glas und Stahl, und fühlte sich wie in einem Traum. In den Gebäuden und auch vor und zwischen den Häusern sah sie manchmal Menschen – winzige Figuren, die sich von Schreibtisch zu Schreibtisch bewegten, über die Straße liefen, in Robo-Taxis einstiegen ... Wieso kamen so wenige Menschen zu ihr in den Elfenbeinturm, wollte sie einmal von Lehrerin wissen. «Menschen lenken dich bloß ab», antwortete diese. «Du musst fokussiert bleiben, wenn du einmal Großes erreichen willst.»

Doch eines Tages kam eine Tanzpädagogin. Sie war so alt wie die Männer, aber nicht ganz so faltig; sie war dünn, aber nicht tatterig. Sie trug ihre Haare zu einem Knoten gebunden. Ihre langen Chiffontücher wehten hinter ihr her, wenn sie ging, und ihre Röcke aus einem durchsichtigen Crêpe umflatterten ihre Beine, wenn sie tanzte. Und sie duftete süß. Sie erlaubte Novella, barfuß zu laufen und zu springen. Und Novella liebte es, auch wenn sie nicht sagen konnte, warum.

Die Tanzpädagogin berichtete Lehrerin, dass Novella eine große Begabung für das Tanzen hätte.

In ihrem achtzehnten Lebensjahr saß Novella allein an ihrem Tisch beim Mittagessen, das Köchin, ihre Lieblingsandroidin, für sie zubereitet hatte, als sie Lehrerin von unten rufen hörte:

Novella, Novella,
lass den Lift herunter.

Novella drückte auf den Knopf, und schon bald erschien Lehrerin zusammen mit zwei Robotern, die sofort damit begannen, in ihrem Tanzzimmer den Fliesenboden herauszureißen. Ein neuer Holzfußboden sollte dort verlegt werden. «Holz ist viel besser zum Tanzen geeignet», hatte die Tanzpädagogin gesagt. «Viel besser.»

Doch wie sich herausstellte, waren die Roboter nicht dafür gemacht, komplizierte Parkettmuster zu verlegen. «So geht das nicht», sagte Lehrerin beim Anblick der stümperhaften Arbeit der Maschinen. Sie stellte die Roboter ab und schloss sie in die Androidinnen-Kammer ein.

Ein paar Tage später kehrte Lehrerin zurück. Ein tattriger alter Mann mit krummem Rücken begleitete sie, ein Mensch, der mit Holz arbeitete und der Parkett verlegen konnte. Lehrerin ließ ihm ein Bett in einem Gästezimmer herrichten. Sie käme dann Ende der Woche wieder, um das fertige Parkett zu überprüfen.

Novella mochte den alten Tischler. Er sprach nicht viel, doch er hatte freundliche blaue Augen, eine sanfte Art und er roch nicht säuerlich. Im Gegenteil: ein ungewöhnlicher Duft ging von ihm aus. Novella konnte nicht genau sagen, was es war, doch es roch ... angenehm.

Nachdem sie ihre täglichen Aufgaben erledigt hatte, gelernt und nachgedacht, ihr Krafttraining absolviert und ihre Bahnen geschwommen hatte, setzte sich Novella leise vor das Tanzzimmer und sah dem alten Mann bei der Arbeit zu. Er arbeitete sehr präzise, fand sie, allerdings schrecklich langsam. Bei diesem Tempo würde er niemals rechtzeitig fertig werden. Lehrerin würde verärgert sein.

Früh am nächsten Morgen stellte Novella fest, dass der alte Mann verschwunden war und all seine Werkzeuge mitgenommen hatte. Er hatte das Parkett unfertig gelassen und war still und heimlich gegangen. Vermutlich war es zu viel Arbeit für ihn gewesen. Novella war traurig, dass er sich nicht von ihr verabschiedet hatte.

Am späten Vormittag war Novella gerade in ein Buch über irrationale polynomiale Gleichungen vertieft, als sie ein lautes Geräusch vernahm. Es klang, als schlage jemand gegen eine Wand. Es schien von der Rückseite der gläsernen Fahrstuhlkabine zu kommen. Sie hatte noch nie einen Blick dahinter geworfen. Neugierig spähte sie um die Ecke und entdeckte eine Tür. Aha, dachte sie. Hinter dieser Tür mussten die Stufen liegen, die bis nach unten führten. Sie hatte ganz vergessen, dass es Stufen gab. Niemand hatte sie je benutzt.

Das Geräusch wurde lauter. Was oder wer konnte das sein?

Sie öffnete die Tür.

Es war ein Mann. Und er keuchte laut.

Nein. Es war ein Junge.

Nein. Er war älter als ein Junge, aber noch kein Mann.

Ein *junger* Mann, entschied sie. Ein keuchender junger Mann mit einem geraden Rücken, wie sie sofort bemerkte. Einem erstaunlich geraden Rücken. Und sehr starken Armen.

Er trug eine Brille. Entweder war er zu jung für eine Augentransplantation, oder er war zu arm. Oder Brillen waren unter jungen Männern wie ihm gerade Mode. Vielleicht alles zusammen.

Der junge Mann trug eine große Tasche auf seinem Rücken. Er holte sie nach vorn und ließ sie fallen. Es knallte laut, und die Tasche sprang auf. Eine Säge mit bös gezackten Zähnen fiel heraus und klapperte laut auf den Marmorstufen.

Der junge Mann machte einen Schritt auf Novella zu und rang dabei nach Luft. Er hob einen Arm.

Sie wich erschrocken zurück.

Novella besaß mit Sicherheit einen der klügsten Köpfe der Welt, doch sie brauchte mindestens zwei Sekunden, um zu begreifen, dass der junge Mann mit dem geraden Rücken und der Brille ihr nichts tun wollte. Er rang bloß nach Luft, weil er all diese Stufen hinaufgestiegen war.

Novella besaß die Geistesgegenwart, dem jungen Mann einen Stuhl anzubieten und ihm ein Glas Wasser zu bringen. Er würgte es mühsam herunter. Er war immer noch nicht ganz zu Atem gekommen, doch das hielt ihn nicht davon ab, mit der Hand um ein zweites Glas Wasser zu bitten. Als er dieses ebenfalls ausgetrunken hatte, wischte er sich mit dem Handrücken über die Stirn, lehnte sich in seinem Stuhl zurück und schaute Novella an.

Seine blauen Augen, die hinter den dicken Gläsern seiner Hornbrille riesig wirkten, weiteten sich noch mehr.

Auch Novella betrachtete ihn – und zum ersten Mal in ihrem Leben verstand sie, was das Wort «schön» wirklich bedeutete.

Auch der Duft des jungen Mannes fiel ihr auf. Es war derselbe angenehme Geruch, den sie schon an dem alten Parkettleger wahrgenommen hatte. Und sie verstand, dass der junge Mann an seiner Stelle gekommen war.

Er sei der Enkel des Parkettlegers, erklärte ihr der junge Mann, und solle die begonnene Arbeit vollenden.

Sie nickte.

Sein Großvater hätte ihm erzählt, dass es einen Fahrstuhl gäbe, doch er hätte die Ruftaste nirgendwo finden können, erzählte er. Darum sei er die Stufen hinaufgestiegen.

«Es gibt keine Ruftaste», sagte sie. «Nur irgendwo ein verborgenes Gerät, aber das hat einen Code, und den kenne ich selbst nicht.»

«Ich verstehe», sagte er und schaute ihr tief in die Augen.

Noch nie hatte ein Mann, ein junger Mann, sie so angesehen. Novella fühlte sich unbehaglich unter seinem Blick – merkwürdig, sie spürte diesen Blick am ganzen Körper –, darum sprang sie auf und zeigte dem jungen Mann den unfertigen Tanzboden. Und dann führte sie ihn zum Gästezimmer, in dem sein Großvater nicht geschlafen hatte.

«Du darfst ihr nicht sagen, dass ich für meinen Großvater eingesprungen bin», sagte der junge Mann.

«Ihr?»

«Der großen, schlanken Dame. Sie war da sehr deutlich. Sie hat extra einen alten Menschen verlangt.»

«Ich verstehe», sagte Novella.

Und sie verstand tatsächlich: Lehrerin hatte ganz offensichtlich vor Novella geheim gehalten, dass es schöne junge Männer mit starken Armen und geradem Rücken gab.

Wie naiv sie doch gewesen war, dachte sie.

Köchin brachte Novella ihr Mittagessen, doch der unangekündigte zweite Gast verwirrte sie ebenso wie ein weiteres

Gedeck. Novella musste die Androidin zweimal neu programmieren, bevor sie es richtig machte. Der junge Mann amüsierte sich darüber und lachte. Was wiederum Novella zum Lachen brachte.

Der junge Mann war an allem interessiert. Wie viele Androidinnen arbeiteten für sie?, wollte er wissen. Neben Köchin befanden sich noch sechs weitere in der Androidinnen-Kammer, erklärte Novella. Köchin mochte sie am liebsten, und am wenigsten gefiel ihr Mr. Fixit. Er war für das Putzen zuständig und die schweren Hausarbeiten. Was war ihr Lieblingsfach?, wollte er wissen. Wahrscheinlichkeitsmathematik, antwortete sie. Und ihr Lieblingsspiel?, fragte er dann. «Poker, natürlich! Ich spiele immer mit Vegas, meiner zweitliebsten Androidin. Und was ist dein Lieblingsspiel?» Fußball, antwortete er. «Was ist das?», fragte sie. Er krümmte sich vor Lachen, und dabei verrutschte ihm die Brille. Das brachte sie beide zum Lachen. «Warum trägst du eine Brille?», fragte sie. «Ich bin praktisch blind», meinte er. «Aber bald bekomme ich neue Augen. Meine Eltern sparen das Geld dafür zusammen.» Sie mochte seine Augen. «Hoffentlich sind die neuen Augen genauso schön wie diese», sagte sie.

Er errötete.

Und dann errötete sie.

Bald darauf machte sich der schöne junge Mann an die Arbeit, und Novella widmete sich ihrem Tagesplan. Sie lernte und dachte nach, absolvierte ihr Krafttraining und schwamm ein paar Bahnen. Mr. Fixit putzte mit wütenden Bewegungen hinter ihr her.

Später saß Novella vor dem Tanzraum und sah dem jungen Mann bei der Arbeit zu. Er arbeitete sehr präzise, fand sie, allerdings schrecklich schnell. Bei diesem Tempo würde er schon am nächsten Tag fertig sein. Das gefiel ihr nicht, denn sie spürte zum ersten Mal, dass sie glücklich war. So fühlte es sich also an, dachte sie, glücklich zu sein.

Der Abend kam, und der junge Mann arbeitete konzentriert weiter, setzte ein Parkettbrettchen neben das andere. Novella fielen die Augen zu ...

Sie fuhr zusammen. «Geh zu Bett», sagte ihr der junge Mann leise ins Ohr. Seine Hand lag sanft auf ihrer Schulter. Die Berührung brannte sich bis zu ihrem Herzen.

Früh am nächsten Morgen stellte Novella fest, dass der schöne junge Mann verschwunden war und all seine Werkzeuge mitgenommen hatte. Das Tanzzimmer war leer. Er musste den Parkettboden in der Nacht fertiggestellt haben und still und heimlich gegangen sein. Novella war traurig, dass er sich nicht von ihr verabschiedet hatte – sie war sogar so traurig, dass sie sich nicht vorstellen konnte, jemals wieder glücklich zu sein. Tränen traten ihr in die Augen.

«Guten Morgen», sagte eine Stimme hinter ihr.

Es war der junge Mann.

«Du bist noch da!», rief Novella und lief auf ihn zu.

«Natürlich. Ich habe nur geschlafen.»

Sie sahen sich tief in die Augen.

«Der Parkettboden ist wunderschön», sagte sie. «Tanz mit mir.»

Er reichte ihr die Hand.

Sie traten in die Mitte des Zimmers, beide mit nackten Füßen. Ihre Tanzpädagogin hatte recht gehabt, dachte Novella: Tanzen auf Holz mit den nackten Füßen fühlte sich herrlich an. Irgendwo tief in ihrem Innersten tauchte plötzlich eine vage Erinnerung auf …

Novella atmete den Duft der frischen Lasur ein und dachte, sie würde diesen Geruch von irgendwoher kennen …

Der junge Mann zog Novella sanft zu sich heran. Sie hatte niemals gedacht, dass zwei Menschen so dicht beieinanderstehen könnten. Sie atmete seinen Duft ein. Und sie begriff, dass es der Duft von Holz war. Natürlich. Und er kam ihr … irgendwie vertraut vor.

Sie tanzten langsam zur Musik in ihren Herzen.

Und dann sammelte Novella ihren ganzen Mut zusammen und küsste ihn.

Und er küsste sie auch.

Später standen sie auf dem Dach und schauten hinab auf die Häuser aus Stahl und Glas, und der schöne junge Mann sprach von seinem Leben in den Wäldern nördlich der Stadt, von seinem Dorf, seiner Familie, seinen Freunden, seinem Traum, eines Tages Architekt zu werden. Er würde nur mit Holz bauen, das edelste aller Baumaterialien. «Und du?», fragte er Novella.

Novella hatte wenig zu erzählen, stellte sie fest, denn sie besaß weder Familie noch Freunde. Und was ihren Lebenstraum anging, so hatte sie die Vorstellungen der Lehrerin immer als ihre eigenen verstanden: Mit ihrem großen Wissen würde sie große Dinge zum Wohle der Menschheit tun. Es war nichts Falsches daran, große Dinge zum Wohle der Menschheit zu tun, dachte sie, aber als sie so neben dem jungen Mann stand, kam ihr in den Sinn, dass sie eigentlich *selbst* entscheiden sollte, was für die Menschheit zum Wohle wäre, und auch, ob es für sie zum Wohle wäre, das zu tun. Welcher böse Zauberbann hatte über ihr gelegen, dass sie dies nicht schon früher erkannt hatte?

Sie erklärte dem schönen jungen Mann, dass sie ihre Familie schon als kleines Kind verloren hatte. Dass Lehrerin sie gefunden und hergebracht hätte. Sie erinnerte sich nur an eine lange Fahrt über ein großes Meer.

Als es Nachmittag wurde, tranken sie Tee in der Bibliothek. «Lies mir etwas vor», sagte der junge Mann. «Vielleicht etwas, das du selbst geschrieben hast. Ich möchte mich für immer an den Klang deiner Stimme erinnern.» Er wusste, dass er sie bald würde verlassen müssen.

Novella glaubte nicht, dass er Interesse an ihren Notizen zum *Uneingeschränkten Beweis für die Existenz des unendlich Differenzierbaren* haben würde. Sie führte ihn in einen Nebenraum hinter der Bibliothek, wo Lehrerin Romane aufbewahrte. «Such dir ein Buch aus», sagte sie.

Er hatte noch nie so viele Bücher an einem Ort gesehen.

Lange glitt sein Blick über die Buchrücken. Schließlich sagte er: «Oh, das hier ist ein tolles Buch! Ich habe es mal gelesen. Es geht um Liebe, Verrat und Vergebung.» Er reichte es ihr.

«Es ist dünn», sagte sie und berührte den schmalen Buchrücken mit ihren Fingern.

«Eine Novelle», antwortete er.

Sie lachten, denn das war ja im Prinzip ihr Name. Der seine war übrigens Wilbur.

Sie schlug das Buch auf und begann vorzulesen: *Vor vielen Jahren, als noch niemand, der heute auf der Erde wandelt, geboren war, machte sich eine junge Frau auf, den Sinn des Lebens zu ergründen. Nach einiger Zeit musste sie an einer roten Ampel stehen bleiben, wo ein junger Mann, der ausgezogen war, um sein Glück zu suchen, ebenfalls auf Grün wartete. Ihre zufällige Begegnung veränderte alles.*

Novellas Stimme erstarb. Etwas Merkwürdiges geschah mit ihr. Sie spürte, wie Gänsehaut über ihre Arme und ihren Nacken kroch. Der Schweiß brach ihr auf der Stirn aus.

Sie *kannte* diese Geschichte. Sie hatte sie schon einmal gehört – vor langer Zeit.

«Lies weiter», bat er.

Sie zwang sich dazu weiterzulesen. *Ihre zufällige Begegnung veränderte alles*, sagte sie. Und dann brach sie erneut ab. Zu viele Tränen drängten sich in ihren Augen.

Denn auf einmal erinnerte sie sich an alles. Jemand hatte ihr eben dieses Buch vorgelesen. Und sie wusste sofort, dass es ihre Mutter gewesen war.

Sie hörte jemanden lachen. Das musste ihr Vater gewesen sein.

Sie sah eine Werkstatt. Sie roch Holzlasur. Und Holzspäne. Sie spürte die Späne zwischen ihren nackten Zehen. Es kitzelte, wenn sie tanzte. Die Welt draußen vor der Werkstatt war grün. Und saftig. Die Sonne war heiß, doch im Schatten der Wälder war es kühl.

Novella erinnerte sich an alles.

Der Zauberbann war gebrochen.

Es war spät. Lehrerin würde am nächsten Morgen zurückkehren – und sie würde Novella nicht mehr vorfinden. Novella würde die Stadt zusammen mit dem schönen jungen Mann verlassen. Das wusste sie jetzt. Er würde ihr dabei helfen, ihre Eltern wiederzufinden, hatte er gesagt. Doch zuerst musste er ihre Reise vorbereiten. «Ich kehre in ein paar Stunden zurück», sagte er. «Wie komme ich wieder hier hinauf?»

«Sag Folgendes», antwortete sie:

Novella, Novella,
lass den Lift herunter.

Er ging. Sie fand eine leere Metallkiste mit Griff, in der der Ersatztorso von Köchin geliefert worden war. Sie würde ihr als Koffer dienen.

Novella packte ein, was sie konnte, auch die Novelle. Und dann wartete sie auf die Rückkehr ihres Geliebten.

Nicht lange, und sie hörte schon seine Stimme:

Novella, Novella,
lass den Lift herunter.

Novella sprang auf und drückte auf den Knopf. Die gläserne Kabine fuhr surrend hinab. Sie wartete. Und dann hörte sie das sanfte Summen, das den Aufstieg des Fahrstuhls ankündigte.

Die Türen glitten zur Seite. Und da war er.

Doch er war nicht allein.

Sie war bei ihm. Lehrerin.

Irgendetwas stimmte ganz und gar nicht. Die Brille ihres Geliebten zum Beispiel war verschwunden.

«Schau mal, was mir in die Falle gegangen ist», sagte Lehrerin.

Der schöne Wilbur kniff die Augen zusammen, als er aus der Fahrstuhlkabine trat. Offensichtlich konnte er kaum etwas erkennen. «Darf ich nun bitte meine Brille wiederhaben?», sagte er höflich zu der Dame.

«Fixit!», rief diese laut.

Die Tür zur Androidinnen-Kammer schwang auf, und Mr. Fixit eilte zu ihnen. «Ja, Herrin?»

Lehrerin schob eine Hand in ihre Tasche und zog die Hornbrille des jungen Mannes hervor. Sie reichte sie dem Roboter. Er schloss seine Faust darum.

«Nein!», rief der schöne junge Mann.

Doch es war zu spät. Lehrerin drückte schon auf einen

Knopf an Fixits Handgelenk, woraufhin er die Hornbrille zu Staub zerquetschte.

«Fixit!», sagte Lehrerin. «Du ungezogener Roboter.»

Novella nahm ihren Koffer, fasste den Arm ihres Geliebten und führte ihn zum gläsernen Lift.

Lehrerin stellte sich ihr in den Weg. «Wohin willst du denn, junge Dame?»

«Zu meinen Eltern, denen du mich geraubt hast! Du bist eine Diebin!»

Lehrerin erstarrte. «Verstehe», sagte sie dann. «Der Bann ist gebrochen. Ich vermute, dein Prinz hat dich wachgeküsst.»

«Nein», sagte Novella, «da vermutest du falsch. Ich habe *ihn* geküsst.»

Das Gesicht von Lehrerin verzerrte sich vor Wut. «Ha! Du bildest dir wohl ein, du bist verliebt!»

Novellas Wangen röteten sich. «Ich bilde es mir nicht ein. Ich weiß es. Ich fühle es. Ich bestehe nicht nur aus Kopf.»

«Du bist noch ein Kind!», rief Lehrerin. «Und naiv. Die Welt da draußen ist grausam. Alle gegen alle.»

«Du bist die Grausame hier.»

«Nein. Du weißt nichts von Männern. Oder von Liebe. Diese Gefühlsduselei ist lächerlich. Es –» Doch dann unterbrach sie sich. All das führte zu nichts. So würde sie ihren Schützling nicht aufhalten können. Ihre Stimme wurde weich. «Du musst die Verantwortung für deine Begabung übernehmen, Kind. Du musst sie schützen.»

Novella hob den Blick. Ihr Griff um den Arm des jungen Mannes lockerte sich.

«Du besitzt Fähigkeiten, die noch seltener sind als Diamanten», redete Lehrerin auf sie ein. «Willst du das alles wirklich aufgeben für ... für einen einfachen Parkettleger? Der dazu noch halb blind ist?»

Der schöne junge Mann drehte sich zu Novella um. «Sie hat recht. Bleib. Ich werde gehen.»

«Nein», sagte Novella. «Nein.» Sie drehte sich zu Lehrerin um. «Du bist diejenige, die blind ist. Lass uns durch.»

«Niemals!» Und mit diesen Worten zog Lehrerin ein Gerät aus ihrer Tasche und verriegelte damit die Fahrstuhltüren.

Novella stürzte sich auf den Knopf, aber es war zu spät.

Lehrerin wandte sich von Novella ab, doch bevor sie sich in die hinteren Räume zurückzog, sagte sie zu Mr. Fixit: «Kümmere du dich um den Jungen. Und zwar sofort.» Und in die Androidinnen-Kammer rief sie: «Köchin! Mein Essen!»

Und dann ging sie.

Was nun? Novella wusste, dass sie und der schöne junge Mann nichts gegen Mr. Fixit ausrichten konnten. Sie saßen in der Falle. Oder vielleicht doch nicht?

Mit dem Koffer in der einen Hand und ihrem Wilbur in der anderen, sprang Novella zur Tür hinter dem Fahrstuhl. Würde ihnen die Flucht gelingen?

Nein. Denn Mr. Fixit packte den jungen Mann, entriss

ihm Novellas Hand, umfasste seine Brust und quetschte ihn zusammen. Wilbur stöhnte vor Schmerzen. Eine Rippe knackte. Dann noch eine. Novella versuchte vergeblich, Wilbur aus dem Griff von Mr. Fixit zu befreien, als plötzlich wie aus dem Nichts eine riesige gusseiserne Pfanne auf Mr. Fixits Metallkopf herunterkrachte.

Es war Köchin.

Mr. Fixit stand einen Moment wie benommen da.

«Geht!», sagte Köchin zu Novella, und dann schlug sie Mr. Fixit noch einmal die Pfanne über den Kopf.

Novella zerrte ihren halb blinden und halb zerquetschten Wilbur durch die Tür in der hinteren Wand und hastete mit ihm die Stufen hinab. Oben hörte sie Lehrerin schreien. «Komm sofort zurück, du undankbares, nichtsnutziges Gör! Du kannst mir nicht entkommen!»

Novella und Wilbur hasteten weiter die Wendeltreppe hinab. Es waren so viele Stufen, so furchtbar viele, und sie liefen herum und herum, hinab, hinab, hinab. Wilbur stolperte – er hatte solche Schmerzen! – und Novellas Koffer schlug ihr gegen die Hüfte. Doch sie lief immer weiter.

Hoch oben konnte Novella sehen, dass Mr. Fixit sich erholt hatte und mit Lehrerin in den Lift trat. Novella hörte, wie er zum Leben erwachte und herabfuhr.

«Sie kommt», sagte der junge Mann.

Novella nickte. «Sie werden vor uns unten sein.»

«Lass mich hier», sagte er keuchend. «Lauf du weiter. Allein kannst du es schaffen. Lauf.»

«Nein!»

Jetzt fuhr der Fahrstuhl an ihnen vorbei, und das Lachen von Lehrerin füllte das schmale Treppenhaus.

«Es ist vorbei», sagte Wilbur. «Jetzt kann uns nur noch ein Wunder retten.»

Und in diesem Moment blieb der Fahrstuhl mit einem Ruck stehen. Lehrerin schlug von drinnen gegen die Tür. «Wir stecken fest! Wir stecken fest!»

Wilbur konnte ihr Glück kaum fassen.

«Ein Wunder?», sagte Novella, und ein Lachen stieg in ihrer Kehle auf. «Nein, das ist kein Wunder. Es ist ein Konstruktionsfehler! Ein ganz gewöhnlicher Konstruktionsfehler! Schnell!» Und sie griff wieder nach seinem Arm und führte ihn nach unten.

Novella und Wilbur erreichten ohne weitere Hindernisse den Ausgang. Sie rissen die Tür zur Straße auf, zu den Lichtern, dem Glas und dem Stahl der Stadt. Hinter ihnen hörten sie Lehrerin immer noch schreien: «Macht auf! Macht auf! Hilfe!»

Sie zogen die Tür zur Straße hinter sich zu, nahmen sich bei der Hand und liefen los, so schnell sie nur konnten, wie zwei Diebe in der Nacht, hinein in ihr neues Leben.

Und wer weiß, vielleicht steckt die böse Hexe bis zum heutigen Tag immer noch in ihrem gläsernen Lift, in ihrem Turm aus Elfenbein und Glas, weiß und hell und so kalt wie Polareis.

Auch wenn Urbanites die Kulturschätze, die sie unter dem Schutt von Dark Winter ausgruben, bereitwillig restaurierten und pflegten, waren es vor allem Forester, die sich kulturellen Traditionen, vor allem dem Volksgut, widmeten und es von Generation zu Generation weitergaben, darunter auch die Märchen der Brüder Grimm. Ohne die Forester wäre der Menschheit vieles verloren gegangen.

Forester bewahrten jedoch nicht nur die alten Geschichten, sie erfanden sie für ihre eigene Zeit und ihre eigenen Gemeinschaften immer wieder neu – und dies im besten Sinne der Volksmärchen, denn genau dafür sind diese Geschichten gedacht: als ständig weiterentwickelte Urlegenden, die über Jahre, Jahrzehnte und Jahrhunderte immer wieder neu erzählt und erfunden werden.

Novella, eine Nacherzählung von *Rapunzel*, ist ein hervorragendes Beispiel dafür, wie die Forester die klassische Legende von der «Jungfrau im Turm» veränderten, um sie *ihrer* Gesellschaft, *ihren* Lebensumständen und Denkweisen anzupassen, und dabei doch an dem moralischen Kern des Originals von Jacob und Wilhelm Grimm festhielten. In beiden geht es um Begehren und Erwachsenwerden, um Erziehung und um die Macht der Liebe. Ja, Liebe. Man darf nicht vergessen, dass die Forester fest an die Liebe glaubten (auch an die romantische

Liebe), wohingegen die Urbanites diese als Albernheit abtaten. Fast zwei Jahrhunderte nach Dark Winter und dem Letzten Krieg propagierten Urbanites immer noch den «bedächtigen Pragmatismus» als sinnvollste Lebensweise. Fakten und Logik besaßen oberste Priorität, Gefühle wurden unterdrückt, und Liebe betrachtete man, wie Lehrerin in *Novella*, als «lächerliche Gefühlsduselei».

Folgt man den Hinweisen aus dieser Geschichte, so können wir den Ursprung von *Novella* auf die letzten Jahre von Dark Winter datieren, also zwischen 2095 und 2115. Die Wild Fires werden erwähnt, denen Novellas Großeltern mütterlicherseits offenbar zum Opfer fielen, als Novellas Mutter noch jung war, vielleicht etwa elf Jahre. Diese Brände waren typisch für den nordamerikanischen Kontinent. Sie setzten um 2055 an der vom Krieg gebeutelten bevölkerungsreichen Ostküste ein. Einige dieser Brände entstanden infolge des Klimawandels, andere wurden bewusst gelegt, um die Städte von dem unaufhörlich mutierenden Virus zu befreien, der zusammen mit einem grausamen Bürgerkrieg den gesamten Kontinent zu vernichten drohte. Das Chaos war derartig groß, dass Wohlfahrtsunternehmen der Forester Kindertransporte ins nördliche Kanada sowie zum europäischen Kontinent organisierten.

Die Mutter von Novella wird elfjährig aus ihrer Heimatstadt über das Meer zu einer Insel gebracht, «wo das Gras smaragdgrün leuchtete». Wir schließen daraus, dass sie zu einer Forester-Kolonie in Irland gebracht wurde, dessen Wälder im 20. und 21. Jahrhundert zwar der Industrialisierung zum Opfer gefallen waren, jedoch zu dieser Zeit gerade aufgeforstet wurden. Vielleicht nahmen die Forester die vom Chaos gebeutelten nordamerikanischen Kinder deshalb so willig bei sich auf, denn für die Aufforstung der Wälder benötigte man junge Arbeitskräfte.

In der vorliegenden Geschichte unternimmt die fünfjährige Novella ungefähr fünfunddreißig Jahre später ebenfalls eine Reise über das Meer. Wir erfahren nicht, wohin Lehrerin sie bringt, doch falls sie zum amerikanischen Kontinent zurückreisten, werden sie höchstwahrscheinlich die Stadt Toronto angesteuert haben, die bis 2100 unter enormen Anstrengungen wiederaufgebaut worden und teilweise durchaus lebenswert war. Nicht weit von Toronto gab es zwei große Forester-Kolonien: The Cottage sowie Sternwood Forest. Beide könnten als Vorlage für Wilburs Heimat gedient haben.

So weit also zum historischen Hintergrund von *Novella*.

Es spricht vieles dafür, diese Neuerzählung des Grimm'schen Märchens den Forestern zuzuordnen, denn die Forester werden eindeutig als die Guten dargestellt. Sie besitzen die moralische Überlegenheit und führen ein Leben im Einklang mit der Natur. Die *freundlichen, liebenswerten, lachenden, klugen, Poker spielenden* und *liebenden* Forester stehen im starken Kontrast zu den Stadtbewohnenden, den Urbanites, die mit negativen Adjektiven wie *streng, säuerlich, kalt, wütend, faltig* und *tatterig* beschrieben werden. Die Urbanites sind definitiv die Bösen in dieser Geschichte, welche die Städte mit Kriegen, Krankheiten und Kriminalität überzogen und nun vor nichts zurückschreckten, um eine neue Gesellschaft aufzubauen – noch nicht einmal davor, ein brillantes junges Forester-Mädchen aus ihrem Elternhaus zu reißen und sie dazu zu zwingen, ihre großen Fähigkeiten einzusetzen, das Leben der Urbanites zu verbessern.

Ein weiterer eindeutiger Hinweis für den Forester-Ursprung dieser *Rapunzel*-Neuerzählung ist die Verwendung des Personalpronomens «Ich». Forester behielten, wie wir wissen, das «Ich» bei und hatten, wie man in *Novella* sehen kann, keine Hemmung, Urbanites wie Lehrerin ein «Ich» in den Mund zu legen.

Ich empfehle die Lektüre des Originalmärchens *Rapunzel*, um eigene Vergleiche zwischen dem klassischen Märchen der Grimms und der Forester-Variation anzustellen. So lohnt sich beispielsweise eine genauere Betrachtung der Umwandlung altmodischer Klischees (bei Grimm: Der Prinz rettet die Jungfrau in Nöten) in eine genderbefreite Darstellung der Figuren in *Novella* (die kluge Prinzessin rettet den einfachen Mann, den Handwerker, in Nöten).

Zuletzt sei ein Hinweis auf den Humor in *Novella* im Vergleich zum eher bedrückenden Original gestattet. Forester sind für ihren frechen Witz bekannt, und dieser findet sich an vielen Stellen des Märchens, angefangen vom Namen des Androiden, der die Schwerstarbeit zu erledigen hat (Mr. Fixit) über den Lieblingssalat der Gärtnerin (Rapunzel) bis zur offensichtlichen Moral der Geschichte: Repariert um Himmels willen endlich eure störanfälligen Fahrstühle, ehe es zu spät ist!

BLOG

Ballad of Lucky Hansi, or How to Swap a Safety Pin for a House

Lied für den Englisch-Unterricht

(von Mädchen und Jungen abwechselnd gesungen)

Melodie: «Old MacDonald»

to swap: tauschen

safety pin: Sicherheitsnadel

Mädchen: Lucky Hansi had a blog.
Jungen: E-I-E-I-O!
M: And on this blog she traded up.
J: E-I-E-I-O!
M: With a trade up here.
J: And a trade up there.
M: Here an up.
J: There an up.
Alle: Everywhere a trade up.

to trade up: einen Gegenstand gegen einen besseren / hochwertigeren eintauschen

M: Lucky Hansi had a blog.
J: E-I-E-I-O!
M: So first she swapped a safety pin.
J: E-I-E-I-O!

M: For that she got a baby's bib.

bib: Lätzchen

J: E-I-E-I-O!

M: With a pin-pin here.

J: And a bib-bib there.

M: Here a bib.

J: There a pin.

Alle: Everywhere a pin-bib.

M: Lucky Hansi had a blog.

J: E-I-E-I-O!

M: So then she swapped a pair of socks.

J: E-I-E-I-O!

M: For that she got a cuckoo clock.

J: E-I-E-I-O!

M: With socks-socks here.

J: And a clock-clock there.

M: Here some socks.

J: There a clock.

Alle: Everywhere some clock-socks.

M: Lucky Hansi had a blog.

J: E-I-E-I-O!

M: So then she swapped a nice e-bike.

e-bike: E-Fahrrad

J: E-I-E-I-O!

M: For that she got a round-trip flight.

round-trip flight: Rundflug

J: E-I-E-I-O!

M: With a bike-bike here.

J: And a flight-flight there.
M: Here a bike.
J: There a flight.
Alle: Everywhere a bike-flight.

M: Lucky Hansi had a blog.
J: E-I-E-I-O!
M: So then she got a ruby key.
J: E-I-E-I-O!
M: For that she swapped a field of wheat.
J: E-I-E-I-O!
M: With a key-key here.
J: And wheat-wheat there.
M: Here a key.
J: There some wheat.
Alle: Everywhere a wheat-key.

ruby key: Schlüssel mit Rubinen

field of wheat: Weizenfeld

M: Lucky Hansi had a blog.
J: E-I-E-I-O!
M: So after that she got a yacht.
J: E-I-E-I-O!
M: The yacht she swapped for Apple stock.
J: E-I-E-I-O!
M: With a yacht-yacht here.
J: And stock-stock there.

yacht: Jacht

stock: Aktien

M: Here a yacht.
J: There some stock.
Alle: Everywhere yacht-stock.

M: Lucky Hansi had a blog.
J: E-I-E-I-O!
M: So finally she swapped a house.
J: E-I-E-I-O!
M: But in it lived a Fräulein Krauss.
J: E-I-E-I-O.
M: With a house-house here.
J: And a Krauss-Krauss there.
M: Here a house.
J: There a Krauss.
Alle: Everywhere a house-Krauss.

M: Lucky Hansi had a blog.
J: E-I-E-I-O!
M: She'll trade the house – what can Krauss give?
J: E-I-E-I-O!
M: But all Krauss had were ... safety pins!
J: E-I-E-I-O!
M: With a give-give here.
J: And a pin-pin there.
M: Here a give.
J: There a pin.
Alle: Everywhere a give-pin.

M: Lucky Hansi had a blog.
J: E-I-E-I-O!
M: She found herself back on
square one.

square one: Anfang

J: E-I-E-I-O!
M: No end in sight, but lots of fun!
J: E-I-E-I-O!
M: With square-one here.
J: And fun-fun there.
M: Here a one.
J: There some fun.
Alle: Everywhere some one-fun.

Alle: With a house-Krauss here.
And a yacht-stock there.
With a wheat-key here.
And a bike-flight there.
With clock-socks here.
And a pin-bib there.

Lucky Hansi had a blog.
E-I-E-I-O!

Sankt-Maria-Schule / Frau Jana Hollister, Englisch, 4b.

Lucky Hansi ist eine schelmische Umkehrerzählung des Grimm'schen Märchens *Hans im Glück*, in welchem Hans eine Reihe von immer schlechteren Tauschgeschäften eingeht – angefangen mit einem großen Goldklumpen als Lohn für seine Zeit als Lehrling bis hin zu absolut gar nichts –, der sich jedoch als glücklich preist, weil er nun von der Last des Besitzes befreit ist.

Lucky Hansi ist zweifelsohne ein Produkt des frühen 21. Jahrhunderts, entstanden etwa zwischen 2005 und 2030. Das genaue Datum dieser Grimm-Parodie ist nicht bekannt. Man sang den Text zur Melodie des beliebten Kinderliedes *Old MacDonald*, dessen Entstehung wiederum im frühen 20. Jahrhundert liegt, auch wenn in englischen und amerikanischen Volksliedern aus dem 18. und 19. Jahrhundert bereits Frühversionen dieses Liedes zu finden sind.

Die Autorin des amüsanten Liedes könnte die Lehrerin Jana Hollister sein, welche am Ende des Songtextes genannt wird. Ebenso gut könnte sie den Text aber auch aus einer unbekannten Quelle kopiert haben, ohne diese zu erwähnen, wie es zu diesen Zeiten bei Lehrenden leider oft vorkam.

Ebenso wenig wissen wir, wo genau das Lied, welches im Englischunterricht deutschsprachiger Lernenden eingesetzt wurde, eigentlich entstanden ist – ob im ehemaligen Deutschland,

Österreich, der Schweiz oder auch vielleicht Luxemburg, wo Deutsch vor Beginn von Dark Winter neben Luxemburgisch und Französisch gesprochen wurde. In jedem Fall scheinen sich die verwendeten Vokabelhilfen an Anfänger zu richten, höchstwahrscheinlich an Kinder, die an den etwas albernen, aber durchaus originellen Versen Spaß hatten.

In den ersten Jahrzehnten des 21. Jahrhunderts unterrichtete man Kinder in deutschsprachigen Ländern meist erst ab der dritten Klasse in einer ersten Fremdsprache (gewöhnlich Englisch), also etwa mit acht Jahren. Die Ziffern *4b* neben dem Namen der Lehrerin beziehen sich höchstwahrscheinlich auf den vierten Jahrgang, Klasse b. Im vierten Schuljahr waren die Kinder etwa neun Jahre alt, hatten also bereits ein Jahr Englischunterricht hinter sich. Sie waren damit alt genug, um das Ursprungsmärchen *Hans im Glück* sowie das Lied *Old MacDonald* zu kennen, ebenso wie viele der englischen Begriffe wie *blog*, *socks* und *cuckoo clock*, zumal diese auf Deutsch oft ähnlich oder sogar gleich waren.

Die Idee zu der Umkehrgeschichte *Lucky Hansi* entstammte mit Sicherheit nicht einem Lied für den Englischunterricht. In ihrem Werk *Flüstergeschichten meiner großen Schwester* (2252) macht sich Märchenforscherin Hahj Lii-Roonie mit herausragendem, geradezu detektivischem Spürsinn auf die Suche nach möglichen Quellen dieser Geschichte – und wird schließlich fündig:

Im Jahr 2005 tauschte ein junger Kanadier namens Kyle MacDonald (nicht verwandt mit dem Bauern in dem Lied) im

Verlauf von vierzehn Online-Geschäften eine einzige rote Büroklammer schließlich gegen ein Einfamilienhaus.

Büroklammern (für diejenigen, die diesen Begriff nicht kennen) wurden ab Ende des 19. Jahrhunderts aus gebogenem Draht hergestellt und dienten dazu, mehrere Papierblätter zusammenzuhalten, meist nicht mehr als fünfundzwanzig Seiten. Ihre Verwendung hielt bis in die 20er-Jahre des 22. Jahrhunderts, doch als man immer weniger Texte ausdruckte, weil immer mehr Informationen in persönlichen Brain-Button-Datenbanksystemen gespeichert wurden, verloren Büroklammern ihre Bedeutung und wurden schließlich obsolet.

Kyle MacDonald beschrieb sein höchst erfolgreiches Tauschgeschäft in einem Blog, der leider durch Dark Winter verloren gegangen ist, doch seine Geschichte entwickelte sich zu einer Art Legende, die in diversen Medien wiedererzählt und zitiert wurde.

Lii-Roonie spürte ein Interview mit dem kanadischen Blogger auf, in dem er erzählte, er sei von einem Kinderspiel namens *Bigger, Better* inspiriert worden. In diesem Spiel teilen sich Kinder zum Beispiel bei einem Kindergeburtstag in zwei oder mehr Teams von jeweils mindestens zwei auf. Diese ziehen dann mit einem unbedeutenden Gegenstand wie einer Büroklammer, einer Münze (oder einer Sicherheitsnadel wie bei Hansi) in der Nachbarschaft von Tür zu Tür und versuchen, ihren Gegenstand gegen einen größeren und besseren, wertvolleren einzutauschen. Nach einer bestimmten Zeit kommen alle wieder zusammen, berichten von ihren Erlebnissen und entscheiden, welches Team die besten Gegenstände eingetauscht hat.

Doch auch die rote Büroklammer war nicht die Ursprungsquelle für Geschichten um erfolgreiche Kettentauschgeschäfte. Man nimmt an, dass diese Ehre dem *Strohmillionär* gebührt, auch bekannt als *Daietsu* oder *Daikokumai*, einem japanischen buddhistischen Märchen aus der Heian-Periode (794–1185). Dieses Märchen erzählt von einem fleißigen, aber armen Bauern, der die Göttin der Barmherzigkeit anfleht, ihn aus seiner Not zu befreien. Sie antwortet ihm, er solle den ersten Gegenstand nehmen, den er auf dem Boden berührt, und damit nach Westen reisen. Als der Bauer den Tempel verlässt, stolpert er und fällt, dabei berührt seine Hand einen Getreidehalm. Er versteht diesen als den ersten Gegenstand, den er berührt hat, und nimmt ihn mit auf seinem Weg nach Westen. Eine Stechfliege verfängt sich in dem Halm, doch ihr Summen beruhigt ein weinendes Baby, wofür die Mutter dem Bauern drei Orangen schenkt. Er begegnet einer durstigen Frau, die ihm eine Orange gegen ein Seidentuch eintauscht. Und so geht es immer weiter. Am Ende bringen ihm seine Tauschgeschäfte die Ehe mit einer Millionärstochter ein.

Wer weiß – vielleicht begegnet Lucky Hansi bei ihrem nächsten Tausch einem Millionär und beendet ihre Tauschgeschäfte. Sie scheint jedenfalls deutlich klüger zu sein als ihr Vorgänger Hans, der recht einfältig daherkommt. Vielleicht gelingt ihr also der große Coup. Falls nicht, dann hat sie in jedem Fall, wie wir dem Lied entnehmen können, «lots of fun».

Der Wolf im Wald

Datum: 31. Oktober 2270 (Erdzeit)
Name: Lily Jun Ruong
Siedlung: Mars, Biosphäre 01
Bezirk: Mediterrane Kuppel
Lehranstalt: Watkins-Akademie
Fachbereich: Sprachen
Kurs: Erzählkunst Teil IV: Märchen
Lehrkraft: Prof. Hailey Layne-Arlens

Aufgabe 12:
Schreibe ein Märchen der Brüder Grimm neu, indem du etwas aus deinem eigenen Leben erzählst. Dabei musst du dich nicht an Tatsachen halten. Viel wichtiger ist die emotionale Wahrhaftigkeit deiner Geschichte. Bemühe dich um eine bildhafte Sprache, benutze Metaphern und alle deine fünf Sinne, um deine Geschichte lebendig zu machen.

Dies ist meine Wahrheit: Dein Leben ist kein Märchen, wenn deine Mutter Rotkäppchen ist.

Denn er folgt auch dir, der Wolf, wo immer du hingehst,

beschattet dich in jeder Straße, haucht dir seinen heißen, beißenden Atem in den Nacken. Das Schleichen seiner Schritte dröhnt für immer in deinen Ohren.

Er ist überall. Ein Waldspaziergang wird zum Albtraum. Du fährst beim Knacken jedes Astes zusammen. Jeder Ruf der Eule ist eine Warnung. Das Krächzen der Krähen erfüllt dich mit Grauen. Du riskierst einen Blick über deine Schulter. Er ist hinter dir. Die Spitzen seiner Reißzähne blitzen auf, funkeln wie winzige Diamanten – und dann springt er.

Einmal, vor nicht allzu langer Zeit, fand ich meine Mutter in der Küche; sie kauerte in einer Ecke auf dem Fußboden. «Nein, nicht», flehte sie. «Bitte nicht!» Wieder und wieder sagte sie es. Sie hatte auf dem Herd Milch in einem Topf warm gemacht. Die war mittlerweile übergekocht und tropfte auf den Fußboden. Der Topfboden war schwarz verbrannt. Wir konnten ihn danach nicht mehr benutzen. Zum Glück passiert so etwas nicht oft.

Unsere Ältesten schüttelten betrübt den Kopf, als sie meine Mutter mit dem kaputten Topf sahen. Sie wissen von dem Wolf.

Ich wollte es auch wissen.

Oma spricht nie davon, genau wie Mama. Ich kann sie verstehen. Sie hat ihre Mutter an den Wolf verloren. Und in gewisser Weise auch ihre Tochter.

Irgendwann nahm ich all meinen Mut zusammen und

ging von unserem Haus in der Mediterranen Kuppel hinüber zur Kontinentalen Kuppel, wo all das vor dreißig Jahren passiert ist. Versteckt zwischen einer kleinen Backsteinschule und einer Unfallstation fand ich den Eingang zum Informationszentrum. Ich folgte den Schildern zum Leseraum des Archivs, das fünf Stockwerke tiefer lag, weit unten im Mars-Gestein. Ich bestellte, was ich suchte, lud alles in meinem Brain Button hoch, setzte mich auf einen Platz und scrollte durch die archivierten Dokumente.

Es war alles da: die Augenzeugenberichte; Beschreibungen der Beweise, die im Haus meiner Urgroßmutter gefunden wurden; ihr Autopsiebericht; die Gesprächsprotokolle mit der Besatzung von Space Freighter X39, die an diesem Tag angedockt hatte. Stück für Stück setzte ich die Puzzleteile zusammen.

Dies ist die ganze Geschichte.

Einst lebte auf dem Mars in Biosphäre 01, der ältesten der Biosphären, das hübscheste, liebste kleine Mädchen, das man sich nur vorstellen konnte. Alle liebten es, doch niemand mehr als seine Großmutter. Das Mädchen lebte in der Kontinental-Kuppel von Biosphäre 01, wo die Winter windig und eisigkalt waren, doch längst nicht so unerbittlich wie die eigentlichen Temperaturen des roten Planeten.

An seinem zehnten Geburtstag schenkte die Großmutter dem Mädchen eine rote, selbst gestrickte Mütze mit Ohrenklappen. Oh, wie das Mädchen die Mütze liebte! Wie hübsch sie auf seinen Locken saß, und wie gut sie seine Ohren von den kalten Winden schützte. Das Mädchen liebte die Mütze so sehr, dass es sie vom Herbst bis zum Frühling trug. Bald nannten alle es nur noch Rotkäppchen.

Rotkäppchen lebte mit ihren Eltern auf der östlichen Seite der Dark Woods, einer großen Fläche mit Laubbäumen. Ihre Großmutter wohnte recht einsam in einem kleinen Haus auf der westlichen Seite der Dark Woods, im Schatten dreier Eichen. Von Großmutters Haus bis zum Landeplatz von Biosphäre 01 war es nur ein kurzes Stück; dort legten die Handelsfrachter von der Erde und anderen Mars-Siedlungen an und luden ihre Waren ab.

Eines Tages sagte Rotkäppchens Mutter zu ihr, «Meine Süße, heute müssen dein Vater und ich beide arbeiten. Großmutter fühlt sich nicht wohl. Bitte bring ihr doch diese Thermoskanne mit heißem Zing aus Wildkräutern, der sie wärmen wird, und diesen frisch gebackenen Fruchtkuchen, der sie stärken soll, wenn es ihr etwas besser geht.» Die Mutter legte die Erfrischungen in einen kleinen Rucksack und stellte diesen in den Korb, der am Lenker des Rollers ihrer Tochter befestigt war. «Großmutter erwartet dich», sagte sie. «Also trödele nicht herum. Und achte darauf, dass du immer auf dem Weg bleibst. Du willst dich ja nicht verfahren, oder? Und wer weiß, welche Gefahren im Wald lauern. Außerdem kannst du den Roller schwieriger lenken, wenn du vom Weg abfährst, und dann stürzt du vielleicht und die Thermoskanne zerbricht. Oder schlimmer, der Kuchen wird zerdrückt. Oder am allerschlimmsten: Du tust dir selbst etwas.»

Rotkäppchen lachte: «Du machst dir immer solche Sorgen, Mamilein. Ich bin schon zwölf, also kein kleines Mädchen mehr.» Sie gab ihrer Mutter einen Kuss und fuhr davon.

Fröhlich rollte das Kind in die Dark Woods und fragte sich dabei, warum die Gegend eigentlich Dark Woods hieß. Auf dem Weg war es luftig und hell, und immer wieder begegnete sie Zufußgehenden und Rollerfahrenden, die sie kannte. Sie genoss den feuchten Duft der Bäume, und als sie von ihrem Roller absprang, um einen Strauß gelben Eisenhut für ihre Großmutter zu pflücken, freute sie sich darüber, wie der weiche Waldboden unter ihren Füßen ihre Schritte abfederte. Ein neues Mädchen in ihrer Klasse, das direkt von der Erde kam, hatte einmal gesagt, dass die Wälder bei ihm zu Hause viel besser dufteten, frischer und aromatischer, und nicht so künstlich wie auf dem Mars. Rotkäppchen hatte bloß mit den Schultern gezuckt. Sie war niemals auf der Erde gewesen, hatte also keinen Vergleich.

Sie ging tiefer in die Dark Woods hinein, entfernte sich immer weiter vom Weg.

Rotkäppchen war so erfüllt von der Schönheit des ersten Frühlingstages in ihrer Kuppel, dass sie die Warnungen ihrer Mutter ganz vergaß und immer tiefer und tiefer in den Wald hineinging, wo sie ein paar Schlüsselblumen fand. Bald hatte sie die Hände voller Blumen. Gerade wollte sie wieder zurück zum Weg gehen, als sie in einiger Entfernung eine dunkle Gestalt auf einem Fahrrad bemerkte, einen Fremden, der sie beobachtete. Wie lange hatte er dort schon gestanden? Es musste ein Besucher von der Erde sein, dachte sie. Ihre Space Freighters waren mit Fahrrädern ausgestattet, damit die Besatzung während ihres Aufenthalts schneller und bequemer herumkam.

Plötzlich beunruhigt, eilte Rotkäppchen zurück zum Weg. Doch der Mann war schneller. Als sie zu ihrem Roller kam, wartete er bereits daneben. «Guten Tag, kleines Fräulein», sagte der Fremde. «Was für eine hübsche Mütze du trägst.»

Er hatte dunkle Haare und dunkle Augen. Er war groß und muskulös. Alles an ihm war groß: seine Ohren, seine Hände, sein Mund, sogar seine Zähne. Sie funkelten im Licht der Sonne, als er sie anlächelte.

Das Mädchen spürte, wie es unter seinem Blick errötete. «Hallo», antwortete sie und drehte sich schnell weg. Sie wollte nicht, dass er merkte, wie unsicher sie war. Sie legte die Blumen in den Weidenkorb und setzte sich den Rucksack auf den Rücken.

«Wo willst du denn hin an diesem schönen Morgen?», fragte sie der Fremde und nickte dem alten Mr. Tishman zu, einem Schreiner im Ruhestand, der gerade vorbeikam.

«Ich besuche meine Großmutter», sagte Rotkäppchen zu dem Fremden. «Ich habe nur noch ein paar Blumen für sie gepflückt.»

Der alte Mr. Tishman nickte auch Rotkäppchen zu, und sie lächelte zurück. (Später gab er zu Protokoll, für ihn hätte es so gewirkt, als hätte das Mädchen mit dem Fremden geflirtet.)

Als Mr. Tishman außer Hörweite war, sagte der Fremde zu dem Mädchen: «Und du fährst ganz allein zu deiner Großmutter?»

Rotkäppchen fragte sich, ob er sich wohl Sorgen darüber machte, dass sie sich verfahren könnte. «Ach», sagte sie, «ihr Haus liegt ja gleich am Ende der Straße unter den drei Eichen. Ich kenne den Weg gut.»

Der Fremde betrachtete sie amüsiert, und Rotkäppchen kam der Gedanke, dass es vielleicht nicht unbedingt notwendig gewesen war, ihm das alles zu erzählen. Ihr war auf einmal unbehaglich. Sie wünschte, der Fremde würde endlich gehen.

Zwei Jungen namens Faris und Pablo, die Rotkäppchen aus der Schule kannte, rollten johlend vorbei; sie fuhren ein Wettrennen. Beinahe wären sie mit der Imkerin zusammengestoßen, die ebenfalls auf einem Roller aus der entgegengesetzten Richtung kam. Sie bremste und schimpfte den Jungen hinterher, doch die fuhren und johlten einfach weiter, ohne sie zu beachten.

«Deine Großmutter wird sich bestimmt über die Blumen freuen», sagte der Fremde zu Rotkäppchen. «Vorhin habe ich noch blühende Weidenkätzchen gesehen. Ungefähr zweihundert Meter von hier auf der linken Seite vom Weg.

Vielleicht gefallen die ihr ja auch.» Dann verabschiedete er sich und radelte davon.

Faris und Pablo wurden später von der Polizei befragt, konnten sich jedoch leider nicht daran erinnern, Rotkäppchen oder den Fremden gesehen zu haben. Sie erinnerten sich lediglich an die Imkerin, die wiederum zu Protokoll gab, ihr hätte «der Blick von diesem Fremden kein bisschen gefallen» und dass sie froh gewesen wäre, als er davongeradelt sei. Sie sagte aus, dass auch Rotkäppchen erleichtert gewirkt hätte. Die Imkerin war es auch, die den Ermittlern die erste genaue Beschreibung des Fremden liefern konnte.

Nachdem der Fremde gefahren war, bekam Rotkäppchen endlich wieder Luft. Sie wartete, bis er hinter einer Kurve verschwunden war, dann rollte sie langsam los, hielt aber bald noch einmal an, um ein paar Weidenkätzchenzweige zu brechen. Sie waren wirklich hübsch, und es dauerte eine Weile, bis sie sich entschieden hatte, welche sie wollte. Die Sonne trat hinter einem Baum hervor, und sie ließ sich einen Moment auf einem Baumstumpf nieder, um die Wärme zu genießen.

Während Rotkäppchen auf dem Baumstumpf saß und sich sonnte, hatte der Fremde bereits das Haus unter den drei Eichen gefunden. Die Tür war nicht abgeschlossen, weil Rotkäppchens Großmutter den Arzt erwartete. Der Fremde glaubte, die Tür stünde deshalb offen, weil die Großmutter auf Rotkäppchen wartete. Er ließ sie offen, denn auch er wartete auf sie.

Rotkäppchens Schulkameraden Faris und Pablo stromerten in der Nähe vom Haus durch den Wald. Sie hörten einen Schrei aus Richtung der drei Eichen, glaubten jedoch, dass er von einem jungen Paar stammte, das gerade in dem Moment lachend und kreischend durch das Gebüsch brach und Fangen spielte. (Die Ermittler folgerten später, dass der Schrei von Rotkäppchens Großmutter stammte, die sich laut Autopsiebericht heftig gewehrt hatte.)

Rotkäppchen hörte den Schrei nicht. Als sie zum Haus ihrer Großmutter kam, stellte sie überrascht fest, dass die Tür einen Spalt offen stand. «Ich trat ins Schlafzimmer», erzählte Rotkäppchen später der Polizei, «und sah Großmutter in ihrem Bett liegen und schlafen. Ihre Decke war auf den Boden gefallen. Ich ging hin und hob sie auf, und dann merkte ich, dass etwas nicht stimmte.»

Die Augen ihrer Großmutter blickten starr und bewegten sich nicht.

Sie war tot.

Zuerst dachte Rotkäppchen, dass die Krankheit ihrer Großmutter, welche auch immer es war, für ihren Tod verantwortlich wäre. Sie wollte gerade um Hilfe rufen, als jemand sie von hinten packte und ihr den Mund zuhielt. «Wenn du schreist, bringe ich dich auch um», sagte eine Stimme hinter ihr.

Im Spiegel gegenüber erkannte Rotkäppchen den Mann.

Es war der Fremde. Alles an ihm war groß. Seine Ohren. Seine Augen. Seine Hände.

Sie biss ihn in den Finger. Und schmeckte Blut. Er schrie vor Schmerz auf und riss sie herum. Er knurrte, und zum ersten Mal sah sie seine spitzen, tödlichen Reißzähne.

Er stürzte sich auf sie. Seine Hände waren überall, seine Nägel so scharf wie Rasierklingen. Seine Zähne gruben sich tief in sie hinein. Er verschlang sie mit Haut und Haaren. Und als er mit ihr fertig war, als er seine Gier gestillt hatte, spie er sie Stück für Stück wieder aus.

Er türmte sich über ihr auf. Rotkäppchen wusste, nun würde er sie töten.

«Nein, nicht», flehte sie. «Bitte nicht.»

Er packte ihren Hals und drückte zu. Sie sackte auf dem Boden zusammen.

Doch der Arzt war gekommen. «Hallo?», klang seine Stimme an der Haustür. Er klopfte. «Hallo?»

Der Wolf bekam Panik. Er ließ Rotkäppchen los und flüchtete durch das Schlafzimmerfenster.

Der Arzt trat ins Haus. Er hörte, wie jemand nach Luft rang. Er drückte die Schlafzimmertür auf und erwartete, eine alte Frau mit einer schlimmen Erkältung vorzufinden. Stattdessen fand er die alte Frau erwürgt in ihrem Bett. Das Mädchen war dem Tod gerade noch entkommen.

Die Polizei kam schnell. Und dann kamen die Frauen.

Die Frauen kamen in Scharen. Sie bildeten Suchtrupps und schwärmten aus, verteilten sich über die gesamte Biosphäre 01, durchkämmten jede einzelne der vier Kuppeln – die Kontinentale, Mediterrane, Tropische und Tundra –, durchsuchten jeden einzelnen Winkel. Als bekannt wurde, dass ein Fahrrad möglicherweise eine Rolle spielte, vermuteten sie, der Täter könnte zum Space Freighter gehören, der an dem Tag angelegt hatte und kurz vor der Weiterfahrt stand. Den Frauen gelang es, ihren Start zu verhindern, doch die Mannschaft war erbost und verweigerte ihnen den Zutritt. Das Ganze entwickelte sich zu einem Politikum, das eine diplomatische Intervention notwendig machte. Schließlich wurde die Durchsuchung des Raumschiffs gestattet.

Am Ende fanden sie den Wolf. Sie erkannten ihn sofort. Im großen Mittelfinger seiner großen rechten Hand befanden sich tiefe Bisswunden.

Bald darauf zogen Rotkäppchen und ihre Eltern in die Mediterrane Kuppel um, in der Hoffnung, dass die Wärme und das sonnige Klima helfen würden, ihre Wunden zu heilen.

Der Wolf – ein Offizier, wie sich herausstellte – wurde trotz seiner guten Verbindungen schuldig gesprochen und in ein marsianisches Straflager für Schwerverbrecher gebracht, die zum Testen der äußeren Atmosphäre des Mars eingesetzt wurden. Man nannte sie «Canaries», wie die Kanarienvögel auf der Erde, die früher unter Tage beim Kohlebergbau zum Aufspüren von Kohlenmonoxid eingesetzt wurden.

Das Prüfen von toxischen Stoffen auf Mars war eine mühselige und höchstgefährliche Arbeit. Durch eigene Unachtsamkeiten starben die meisten Gefangenen den Erstickungstod. Man betrachtete dies als gerechte Strafe für einen Wolf, der einer geliebten Großmutter die Luft und einem jungen Mädchen die Unschuld geraubt hatte.

Ironischerweise war es nicht die Arbeit im Straflager, die den Wolf schließlich niederstreckte. Er lag eines Tages tot in seiner Zelle, wo er an einem Kirschstein erstickt war. Als man seinen Körper zu wissenschaftlichen Zwecken aufschnitt, fand man in seinem Verdauungstrakt eine ganze Reihe von Steinen: Gallensteine, Nierensteine, Speichel- und Harnsteine sowie eben jenen Kirschstein, der ihm immer noch im Hals steckte. Man pflanzte diesen in einem öffentlichen Park in der Kontinental-Kuppel ein. Zum allgemeinen Erstaunen war im folgenden Frühling ein hübscher, kräftiger Kirschbaum daraus geworden, der inmitten der Osterglocken blühte.

Die Suchtrupps der Frauen waren so erfolgreich gewesen, dass die Behörden beschlossen, einen offiziellen Frauenschutztrupp für die Dark Woods ins Leben zu rufen. Bis zum heutigen Tag patrouillieren sie dort rund um die Uhr sowie in anderen Brennpunkten, gut erkennbar an ihren roten Kopfbedeckungen. Sie werden die Rotkappen genannt.

Rotkäppchens rote Wollmütze, die ihre Großmutter mit so viel Liebe für sie gestrickt hatte, liegt heute als Mahnung im Fenster des Rotkappen-Kommandos der Kontinental-Kuppel. Es scheint zu funktionieren, denn seit diesem Tag vor so langer, langer Zeit sind nur noch wenige Marsmädchen vom Weg abgekommen. Was die Wölfe angeht, so glaubt man, dass sie noch immer tief im Herzen der Wälder lauern und sich nicht heraustrauen, bis ...

Diese zutiefst verstörende Geschichte ist die jüngste in dieser Sammlung. Sie entstand 2270 als schriftliche Klassen-Leistung, erzählt von Lily Jun Ruong, einer damals siebzehnjährigen Mars-Schülerin aus der Mediterranen Kuppel von Biosphäre 01.

Nach Abschluss meiner Doktorarbeit hatte ich die große Freude und Ehre, Lily sowie viele andere junge, begabte Lernende ein Jahr lang zu unterrichten. Ich kam als Gastprofessorin für Sprachen an ihre kleine Schule in der ältesten und größten Mars-Siedlung, Biosphäre 01.

Ein Großteil der schweren Arbeit auf dem Mars wird von Androidinnen und Robotern übernommen, sodass die Watkins-Akademie (benannt nach der schwarz-amerikanischen Astronautin Jessica Watkins aus dem 21. Jahrhundert) hauptsächlich aus Kindern von Ärztinnen, Akademikerinnen, Wissenschaftlerinnen, Handwerkenden und Führungskräften bestand. Ich war nicht viel älter als meine Lernenden, die zwischen sechzehn und zwanzig Jahre alt waren und Vorbereitungskurse für die Universität belegten. Verständlicherweise war ich ziemlich aufgeregt, an einer exo-irdischen Schule zu arbeiten, doch genau auf diesem winzig kleinen Mars-Außenposten hatte ich das Aha-Erlebnis, das mich zu meinem Lebenswerk führte.

Die Erzählungen, die meine Lernenden aufschrieben, verdeutlichten mir ein für alle Mal, dass das Märchen tatsächlich die Mutter aller Erzählungen ist. Jede Geschichte, die irgendwo, irgendwann einmal erzählt wird, hat ihre Wurzeln in den Märchen und ihren Themen – Gut und Böse, Angst und Mut, Dummheit und Klugheit, Liebenswürdigkeit und Egoismus. Märchen, so scheint es, sind fest in unserer DNA einprogrammiert.

Trotz der klaustrophobischen Bedingungen auf diesem unbarmherzigen, wenn auch wunderschönen roten Planeten, trotz tosender Sandstürme und der unvorstellbaren Kälte außerhalb der Kuppeln hatten meine Schützlinge keinerlei Schwierigkeiten, die Wahrheit in jedem Märchen zu erkennen, das sie lasen, und erstaunlicher noch: eines zu finden, das ihrer eigenen persönlichen Wahrheit am ehesten entsprach. *Ein Wolf im Wald* ist nur ein Beispiel dafür.

Gestattet mir ein paar Worte zu Lily Jun Ruong, dieser Tage Weltraum-Ethikerin, die mir freundlicherweise ihre Erlaubnis und die ihrer Mutter dafür gab, ihre Geschichte zu veröffentlichen.

Als ich als Gastprofessorin zum Mars kam, hörte ich Gerüchte über eine Frau, die dreißig Jahre zuvor von dem Offizier eines Space Freighters ermordet worden war. Die zwölfjährige Enkelin der Ermordeten hatte ihre Großmutter an diesem Tag besucht und war vergewaltigt und halb erdrosselt am Tatort gefunden worden. Das war alles, was ich von dieser Geschichte wusste. Umso erstaunter war ich, dass sich die Tochter dieser Enkelin in meiner Klasse befand.

Lily hatte das Trauma ihrer Mutter geerbt, ohne zu verstehen oder auch nur zu ahnen, was tatsächlich zwischen ihrer Mutter und dem Wolf vorgefallen war. Offenbar hatte niemand in ihrer Familie je mit ihr darüber gesprochen. Im Alter von fünfzehn Jahren war sie schließlich in der Lage, sich von den Dämonen ihrer Mutter zu befreien. Sie ging zum Archiv der Kontinentalen Kuppel und recherchierte das Verbrechen. Zwei Jahre lang lebte sie mit ihrem Wissen, bis es eines Tages in Form dieses Märchens aus ihr herausbrach. Sie sprach nie persönlich mit mir über die Ereignisse, daher weiß ich nicht, ob manche Einzelheiten von ihr erfunden wurden, um ihre Geschichte dem Märchen anzupassen. Doch später fiel mir bei einem Besuch der Kontinentalen Kuppel auf, dass bestimmte Brennpunkte von Frauen tatsächlich patrouilliert wurden. Sie trugen allerdings keine roten Mützen. Aber ist das wichtig?

Interessanterweise machte mich vor einem Jahr eine Kollegin von mir (Prof. Dr. Dr. Oba Olatunji, die auf der Mars-Biosphäre 29, etwa 3000 Kilometer von Biosphäre 01 entfernt forscht) auf ein Märchen aufmerksam. Sie schrieb: «Das angehängte Märchen macht gerade auf den Mars-Siedlungen die Runde. Ich dachte, es würde dich interessieren. Niemand weiß, wo oder wann es entstanden ist, doch es ist eindeutig marsianischen Ursprungs.»

Das Märchen war natürlich *Der Wolf im Wald*, auch wenn es nun *Die Tochter des Opfers* hieß. Der Arzt kommt in dieser Version nicht vor. Der Wolf wird beim Versuch, Rotkäppchen zu erdrosseln, vom Boardingaufruf des Space-Freighter X39 unterbrochen. Faris und Pablo, die gerade den Rasen der alten Frau mähen wollen, sehen ihn wegradeln, doch als das Verbrechen von den beiden Jungen entdeckt wird, ist der Space Freighter schon fort und mit ihm der Mörder.

Innerhalb von nur vierzig Jahren hat sich Ruongs Geschichte also bereits weiterentwickelt. Hatte sie oder vielleicht ein Schüler oder eine Schülerin aus ihrer Klasse das Märchen jemandem erzählt, und diese Person hatte es ebenfalls weitererzählt? Wie auch immer es gewesen ist, die Geschichte wurde weitergegeben, auf dem Mars und auf Weltraumflügen von und zum roten Planeten. Sie wurde ausgeschmückt, umgewandelt und modernisiert. Es ist durchaus möglich, dass in fünfhundert Jahren niemand mehr weiß, dass sie ihren Ursprung auf dem Mars hatte. Man wird sie nur als Märchen kennen. Ich bin mir daher sicher, dass man irgendwo da draußen im Universum, auf einem fernen Planeten oder Mond und im nächsten Millennium immer noch das Märchen von Rotkäppchen und dem bösen Wolf erzählen und neu erfinden wird.

Der Fluch der Grimms

INTERVIEW MIT EINEM *ECHTEN* SCHNEEWITTCHEN

VON JANETTE RORELY-HALLINGTON

Young Cosmo, März 2023

The princess is not amused: Frostine Biancucci, Tochter des Mafioso Giovanni «John the Bomb» Biancucci aus Staten Island, möchte bei unserem Zoom-Chat gleich klarstellen, dass der Netflix-Film *Schneewittchen und die Zementschuhe*, der damit wirbt, die wahre Geschichte ihrer Jugend zu sein, die reinste Fiktion ist. Oder in ihren Worten: 100%ige *merda*.

Die romantische Komödie, inszeniert von Golden-Globe-Gewinner Dan Kubitzky, basiert frei («und zwar *sehr* frei», wie Biancucci betont) auf ihrem eigenen Enthüllungsartikel im *Manhattaner Mag* von 2018, «Die Bombe platzt! – Tochter von Mafiaboss Giovanni Biancucci packt aus». Die charismatische Newcomerin Hanna Scarletti als Frostine Biancucci und Herzensbrecher Mats Skoglund als der junge Arzt Dr. Ben Mandelbaum, ihr Prinz, stehen an der Spitze der hochkarätigen Besetzung.

Der Filmplot folgt dem bekannten Märchen der Brüder

Grimm, erlaubt sich aber einen witzigen Mafia-Twist: Familienboss Giovanni Biancucci (Bruce Browning in einem der energiegeladensten Auftritten seiner Karriere, mehr Mr. Bean als Don Corleone) und seine Frau Concetta (strahlend: Leah Eger) bekommen ein kleines Mädchen, Frostine, doch schon bald nach der Geburt stirbt Concetta bei einem Autounfall. Witwer Giovanni heiratet schließlich die schöne Marcella (wunderbar böse: Celia Beryl), fortan Frostines Stiefmutter und die neue «Königin» des Biancucci-Clans. Leider erweist sich Marcella als Borderline-Persönlichkeitsgestörte und krankhafte Narzisstin: Unentwegt spricht sie mit ihrem Spiegelbild. Außerdem leidet sie an Größenwahn. Na, kommt einem das nicht bekannt vor?

Frostine, die größtenteils von ihrer übertrieben fürsorglichen, aber liebenswerten Großmutter aufgezogen wird (herzerwärmend: Betsy Farmer), ahnt nichts von den «Geschäften» ihres Vaters – bis zu dem Tag, als er vor ihrem Haus in einem Kugelhagel stirbt. Frostine wacht schlagartig auf und erkennt endlich, wer ihre Familie eigentlich ist.

Stiefmutter Marcella, die aus einer rivalisierenden Mafia-Familie stammt, den Moronellis aus Brooklyn, drängt sich derweil mithilfe ihrer skrupellosen Brüder an die Spitze des Biancucci-Clans. Also muss Frostine, die rechtmäßige Erbin ihres Vaters, beseitigt werden. Sie wird von einem Auftragskiller der Moronellis entführt, der jedoch ist von Frostines Schönheit so betört, dass er von seinem Vorhaben absieht, sie mit «Zementschuhen» im Hudson zu ertränken. Stattdessen stößt er sie nur von Bord seines Bootes ins kalte Wasser. Frostine kann ans Ufer schwimmen und findet Schutz bei – ja, genau – den sieben Zwergen, beziehungsweise den sieben Bewohnenden einer kleinen betreuten Einrichtung in New Jersey für pflegebedürftige alte Menschen. Frostine putzt, kocht und hilft dort, bis eines Tages ... Aber mehr wird nicht verraten!

Die Komödie kommt bei der Kritik und bei den Couch-Potatoes deutlich besser an als beim Mafia-Sprössling selbst, auf deren Leben der Film eigentlich basiert. *Young Cosmo* wollte wissen, warum.

Frostine, eine Doktorandin der Humangenetik an der kalifornischen Stanford University, sitzt an ihrem Küchentisch in Palo Alto. Sie trägt ein schlichtes graues T-Shirt und weder Schmuck noch Make-up. Ihre Alabasterhaut und der schwarze Pagenschnitt unterstreichen ihre natürliche Schönheit, und mit ihrer schwarzen Hornbrille erinnert sie eher an eine hippe Bibliothekarin als an die etwas dümmliche Blondine aus dem Film.

Die Sechsundzwanzigjährige, die ihrem Leben mit achtzehn Jahren eine völlig neue Wendung gab, ist für jede Journalistin ein Glücksfall: Sie ist authentisch, direkt, wortgewandt, überlegt und nimmt unser Interview sehr ernst. Während sie hier und da einen Schluck Kaffee trinkt oder an einem Biscotti knabbert, den sie selbst gebacken hat («ein Rezept meiner Großmutter»), beantwortet sie all unsere Fragen.

Cosmo: Es gibt eine lange Liste von Autorinnen, die mit der Verfilmung ihrer Werke nicht einverstanden waren: Ernest Hemingway, Stephen King, P. L. Travers, Michael Ende ... Sie befinden sich also in guter Gesellschaft. Was genau gefällt Ihnen nicht an *Schneewittchen und die Zementschuhe*?

FB: Das fängt doch schon mit dem Titel an.

Cosmo: So schlimm, ja?

FB: Leider. Es gibt kaum etwas an diesem Film, was mir nicht missfällt.

Cosmo: Regisseur Dan Kubitzky hat gesagt, Sie seien in die Entwicklung einbezogen gewesen. Warum also jetzt dieser Groll?

FB: Ich wurde *anfangs* mit einbezogen. Aber nachdem man die meisten meiner Vorschläge ignoriert hatte, zog ich mich wieder raus. Ich dachte, ich könnte meine Rechte zurückbekommen, aber da lag ich wohl falsch.

Cosmo: Dann lassen Sie mich meine Frage einmal anders formulieren: Was gefällt Ihnen am wenigsten an diesem Film?

FB: Diese ganze Schneewittchen-Metapher. Was soll das? Total unnötig. Es gibt einen einzigen Satz in meinem Artikel im *Manhattaner Mag*, wo ich sage, mit dreizehn wäre Marcella mir wie die böse Stiefmutter im Märchen vorgekommen. Aber das war auch alles.

Cosmo: Bei dem Namen Frostine Biancucci denkt man allerdings automatisch an Schneewittchen, oder? Frostine bedeutet ja eisig oder kalt. Und Ihr Nachname bedeutet –

FB: Ich weiß. Ich weiß, was Biancucci bedeutet. Es ist ein alter italienischer Name für Weiß. Also Frosty Weiß. Klingt eher nach Frühstücksflocken. Aber mal im Ernst: Meine Eltern haben bestimmt nicht an Schneewittchen gedacht, als sie mir diesen Namen gaben. Auf Italienisch heißt Schneewittchen nämlich Biancaneve. Die Lieblingstante meiner Mutter hieß Frostine. Nach ihr bin ich benannt. Abgesehen davon nennen mich alle Tina. Viele Leute wissen nicht mal, dass ich Frostine heiße.

Cosmo: Es ist also das Schneewittchen-Märchen an sich, das Sie so stört?

FB: Es ist wie ein Fluch. Der Fluch der Grimms. Das wäre überhaupt ein besserer Filmtitel: *Schneewittchen und der Fluch der Grimms.*

Ehrlich, ich bin doch die Letzte, die was gegen Märchen

hat. Märchen haben einen angestammten Platz in unserer Kultur. Alle kennen sie, alle verstehen sie und können sich mit ihnen identifizieren. Wir haben sie alle mit der Muttermilch aufgesogen. Aber wenn man ein Märchen dafür benutzt, um eine komplexe Geschichte über eine junge Frau von heute zu erzählen, die in einer dysfunktionalen Familie aufwächst und ständig zwischen Liebe, Hass und Gewalt hin und her gerissen wird, dann glaube ich, dass man das Märchen auch sabotieren muss, es verändern, ihm eine ganz neue Bedeutung geben. Andernfalls kommt es dem Publikum nur noch altmodisch vor, voller Klischees und Vorstellungen, die man vor Jahrhunderten im mittelalterlichen Europa hatte. In diesem Film werden die Zuschauenden eingenebelt. Doch unser Leben ist nun mal kein Märchen, es kann manchmal ganz schön schwer und schrecklich sein, auch wenn wir hin und wieder natürlich märchenhafte Momente erleben. Kurz gesagt: Der Film hat keinen Biss. Er ist die reinste Zuckerwatte.

Cosmo: Können Sie uns dafür vielleicht ein paar konkrete Beispiele nennen?

FB: Im Film wird Schneewittchen ziemlich niedlich und naiv dargestellt, sogar ein bisschen dumm (was ich natürlich absolut demütigend finde). Die Stiefmutter wiederum ist böse, triebhaft und sehr, sehr klug. Hier haben wir also den klassischen Kampf zwischen Jungfrau und Hure, Engel und Teufel. Aber so war es überhaupt nicht. Manchmal war *ich* diejenige, die total gemein und böse war. Oft hätte *ich* Marcella am liebsten im Hudson ertränkt. Aber am Ende – und das steht ja auch in meinem Artikel – haben wir uns super verstanden. Fast wie Freundinnen. Als ich noch in New York war, im letzten Unijahr, habe ich sogar bei Marcella in Manhattan gewohnt. Wir haben immer noch ein paar Baustellen, aber wir kommen prima miteinander aus. Und um es ein für alle Mal klarzustellen: *Ich* bin diejenige, die ständig in den Spiegel schaut, nicht Marcella.

Natürlich weiß ich, dass ein Film das Leben nicht eins zu eins wiedergeben kann. Aber ich frage mich trotzdem, wieso jemand die Rechte an meiner Geschichte gekauft hat, wenn er diese Geschichte dann gar nicht erzählen will? Das macht doch keinen Sinn. In meinem *Manhattaner*-Artikel wird ganz deutlich, dass ich längst nicht so unschuldig war, wie die mich im Film darstellen. Vielleicht wusste ich nicht *alles* über meinen Vater, nicht explizit, aber ich wusste schon, was los war. Ich habe ja die Pelze gesehen und ... was auch immer ... all diese Sachen ... Cartier-Uhren und teure Gegenstände, die mitten in der Nacht zu uns nach Hause geliefert wurden. Ich habe gehört, was mein Vater und seine Freunde besprochen haben, wie sie das FBI oder das Finanzamt austricksen wollten oder irgendeinen Polizisten schmieren. Schön war das nicht.

Noch ein Beispiel: Ich habe die dunklen Seiten meines Vaters immer gesehen. Er konnte total herrisch sein und aufbrausend und irrational. Aber er war auch charmant. Und lustig. Er war ein wunderbarer Geschichtenerzähler. Ich meine, er war mein *Dad*! Ich habe ihn geliebt, wie nur ein Kind es kann. Aber ich hatte auch Angst vor ihm. Er konnte komplett ausrasten. Man wusste nie, wann er wieder explodieren würde. Kurz vor seinem Tod fing ich sogar an, ihn richtig zu hassen. Denn ich habe langsam mitbekommen, wie sehr das Umfeld, in dem ich aufwuchs, mein Leben zerstörte. Und meine Psyche. Ich bin ja mit all diesen ... Geheimnissen aufgewachsen. Mit all diesen Sachen, die ich unbedingt wissen musste oder von denen ich gar nichts wissen sollte, die ich tun oder auf keinen Fall tun sollte. All diese kranken Sachen, diese Lügen. Darum kann ich Lügende einfach nicht ertragen. Ich will nur noch die Wahrheit, nichts als die Wahrheit. Vielleicht habe ich deshalb die Naturwissenschaft zu meinem Lebensinhalt gemacht. Sie besteht aus Fakten. Sie lügt nicht, sie *ist* einfach.

Jedenfalls zeigt der Film kaum Momente, in denen man diesen Zwiespalt in meiner Lebenssituation spürt. Er spielt die dunklen Seiten der Geschichte total runter.

Cosmo: Natürlich ist es nicht einfach, in einer Liebeskomödie tiefe und komplexe Gefühle unterzubringen.

FB: Genau! Es hätte eben keine Rom-Com sein dürfen. Das ist ja das Problem. Das Drehbuch hat den Blick von den Schrecken der dysfunktionalen Familie weggenommen und sich nur auf die Romanze mit Ben konzentriert, Mrs. Mandelbaums Enkel. Tatsächlich habe ich mich viel mehr in Mrs. Mandelbaum verliebt, und in die anderen Patientinnen wie Mr. Cochini, Mrs. Jacobowski, Mr. Prager ... *Die* haben mir das Leben gerettet, nicht der Prinz. Nicht Ben. Mit ihm habe ich bloß geschlafen.

Cosmo: Die romantische Seite der Komödie hatte also schon einen wahren Kern.

FB: Einen klitzekleinen. Aber nicht genug, um eine Liebeskomödie daraus zu machen.

Cosmo: Was ist mit der Szene auf dem Schiff, die mit dem Killer und den Zementschuhen? Das ist ja die zentrale Szene, nach der auch der Film benannt ist. Und sie ist auch ein zentrales Motiv im Märchen: Der Killer im Film ist der Jäger im Märchen. Ist das in Ihrem Leben so nicht passiert?

FB: Dan Kubitzky, der Regisseur, hat da zwei Sachen, die mindestens mit einem Jahr Abstand dazwischen passiert sind, für den Film quasi in *eine* Sequenz gestellt, als ob sie zeitlich zusammengehören. Und das betrifft das sogenannte Kidnapping und den versuchten Mord mit den Zementschuhen.

Erst mal bin ich nie entführt worden. Als ich achtzehn wurde, bin ich ausgezogen. Ich habe meine Sachen gepackt, das Haus in Staten Island verlassen und bin mit einem Mädchen zusammengezogen, das ich aus der Tanzschule kannte. Sie hatte eine heruntergekommene Dreizimmerwohnung in New Jersey. Ich habe dann einen Job als Hilfskraft in einer betreuten Wohnung für alte Menschen gefunden. Erst dachte ich, die Arbeit würde mir nicht gefallen – wegen der alten Leute. Aber es war perfekt. Ich habe gekocht, ein bisschen geputzt, bei der Essenausgabe geholfen, habe den Leuten vorgelesen oder mich mit ihnen unterhalten. Es war super. Ich mochte die Bewohnenden.

Jedenfalls haben wir in der Einrichtung in Schichten gearbeitet, was also perfekt war, weil ich gerade an der Columbia University angefangen hatte. Manchmal arbeitete ich morgens, manchmal spätabends, je nachdem, wie meine Kurse lagen. Meine Arbeitsstelle in New Jersey lag nicht gerade in der Nähe der Columbia, darum habe ich mir ein gebrauchtes Auto gekauft, und zwar bei Ronnie Brambilla, einem Neffen von Marcella.

Und dann eines Tages, da war ich immer noch im ersten Jahr am College, habe ich Ronnie in der Nähe von Columbia getroffen.

Cosmo: Können wir seinen Namen in diesem Artikel verwenden?

FB: Ja klar.

Cosmo: Sicher? Ich möchte nicht die Mafia auf dem Hals haben. Und denken Sie dran, Sie sind nicht im Zeugenschutzprogramm.

FB: Haha. Ich habe mir den Namen gerade ausgedacht. Außerdem hat Marcella ungefähr hundert Neffen. Niemand wird wissen, über wen wir da reden.

Cosmo: Der Killer im Film, Donald Moronelli, ist also eigentlich Ronnie Brambilla, der Ihnen das gebrauchte Auto verkauft hat, der aber eigentlich anders heißt?

FB: Etwas verwirrend, aber ja – außer, dass Ronnie Brambilla natürlich kein Killer war. Jedenfalls habe ich Ronnie in der Nähe vom Unicampus zufällig in einem Bagelladen getroffen, und er erzählte mir, sein Vater habe ein Boot im Hafen auf der Höhe von West 79th Street liegen, und ob wir nicht mal irgendwann zusammen segeln gehen wollen. Und ich meinte, okay, klar, irgendwann mal am Nachmittag, wenn ich nicht arbeiten muss.

Ein paar Tage später sind wir also auf dem Boot, oder eher einer mittelgroßen Jacht, und fahren den Hudson Richtung Süden; und unter der Bank sehe ich einen riesigen Eimer mit Zement. In diesen Eimern kann man den Zement direkt mit Wasser anrühren. Ich war ungefähr neunzehn Jahre alt und hatte eine ziemlich ausgeprägte Fantasie. Ich dachte also, was hat er auf dem Boot mit diesem Zement vor? Und dann merkte ich, wie nervös er sich verhielt, wie merkwürdig er war. Also hatte ich für eineinhalb Sekunden diese grässliche Vorstellung, dass er für Marcella arbeitet, mit der ich damals immer noch Streit hatte. Ich stellte mir vor, dass er mir gleich die Waffe an den Kopf hält und mich zwingt, meine Füße in die Eimer mit dem noch breiigen Zement zu stellen. Dann würde er warten, bis das Zeug trocknet und mich dann über Bord werfen. Das ist so eine Mafia-Spezialität, von der man immer wieder hört, wie sie ihre Feinde loswerden. Das habe ich auch schon im Film gesehen.

Cosmo: Eine schreckliche Vorstellung. Grauenhaft.

FB: Ja. Aber es war nachmittags. Es war ein wunderschöner, sonniger Junitag. Diese ganzen Circle-Line-Sightseeing-Boote fuhren um Manhattan herum, die Touristen winkten uns die ganze Zeit zu – *Juuuchuuuu! Haaaalloooo! Wie geeeeeht's?* Ich wusste also, dass er mir nichts tun würde. Als er in der Nähe der Freiheitsstatue den Motor abstellte und das Boot einfach so im Wasser auf und ab hüpfte, legte er den Arm um mich und zog mich an sich. Und dann habe ich endlich begriffen, warum er so nervös war: Er war einfach scharf auf mich, meine Güte! Sie sehen also, irgendwie war ich doch schon das naive Schneewittchen. Aber dann wiederum auch nicht.

Cosmo: Soll heißen?

FB: Ronnie. War. So. Sexy. Ein umwerfender Typ. Und süß. Nicht sehr helle, aber süß. Es war wirklich toll, mit ihm rumzuknutschen, während die Freiheitsstatue auf uns herabschaute.

Jedenfalls habe ich nie herausgefunden, warum er diesen Zement an Bord hatte. Aber es war mir dann auch egal.

Cosmo: Also keine Zementschuhe? Gott sei Dank.

FB: Im Märchen der Brüder Grimm gibt es ja tatsächlich so etwas Ähnliches: Am Ende von *Schneewittchen* wird die böse Königin bestraft. Sie kommt dummerweise zur Hochzeit von Schneewittchen, und man zwingt sie, Schuhe aus rot glühendem Eisen anzuziehen und darin zu tanzen, bis sie tot umfällt. Kann man eigentlich an verbrannten Füßen sterben? Jedenfalls ist die Vorstellung ziemlich grausam. So wie viele der ursprünglichen Märchen der Grimms. Wir kennen die meisten davon ja nur in der weichgespülten Fassung. Disney war ziemlich gut darin, die Märchen zu glätten. Eigentlich frage ich mich gerade, warum Disney nicht die Rechte an meiner Geschichte gekauft hat.

Cosmo: Offensichtlich können Sie noch viel darüber erzählen, was Ihnen am Film alles nicht gefällt. Aber ich würde gern wissen, ob es auch etwas gibt, dass Sie mögen?

FB: Ich mag die Kostüme, besonders das vom Vater. Ich finde es toll, wie er immer im Morgenmantel im Haus herumgeht, selbst nachmittags, und dass der Mantel ihm immer aus Versehen aufgeht und man dann seine dünnen Beine und diese langen Boxershorts sieht, die ihm praktisch bis zu den Knien reichen. Mein Vater ist so auch immer rumgerannt. Man hätte nie vermutet, dass er ein Mafiaboss ist. Komisch, wie dieses Bild, seine dünnen Beine und die Boxershorts, mich bewegt. Vielleicht, weil es ihn so verletzlich darstellt? So normal?

Cosmo: Gibt es noch etwas, was Ihnen am Film gefällt?

FB: Ich mag die Besetzung der sieben Alten. Sie waren superlustig. Marcella mag sie übrigens auch. Sie findet den Film überhaupt großartig. Wir haben ihn zusammen gesehen. Sie hat die ganze Zeit gelacht, während ich nicht aufhören konnte zu weinen ... Und was noch? ... Ich finde, Mats Skoglund hat viel aus der Rolle des Ben Mandelbaum gemacht. Wäre er wirklich Ben gewesen, hätte ich mich damals bestimmt in ihn verliebt.

Cosmo: Wo Sie ihn gerade erwähnen: Stimmen denn die Gerüchte, dass Sie und Mats Skoglund seit Kurzem ein Paar sind?

FB: Ja, ich bekenne mich schuldig. Hier rede ich nun die ganze Zeit davon, dass Märchen voller Klischees sind, und am Ende habe ich doch meinen Prinzen geküsst. Das Leben ist schon verrückt, oder? Und beweist nur, dass wir in einer Welt leben, die manchmal mindestens so mysteriös und magisch ist wie die Märchen der Brüder Grimm.

Ähnlich dem *Auszug aus dem Tagebuch von Bella Louise Hazelworth alias Cyberbella*, ebenfalls in dieser Sammlung, haben wir *Der Fluch der Grimms* nicht wegen seines literarischen Beitrags zur Weltliteratur ausgewählt, sondern um deutlich zu machen, wie sehr Märchen und ihre Konventionen die Kultur und die Gedanken der Menschen des frühen 21. Jahrhunderts prägten. Dass dies auch unerwünschte Folgen haben kann, sehen wir hier, wo ein Märchen verwendet wird, um eine Geschichte zu erzählen, die auf Tatsachen beruht.

In diesem Fall spricht die Journalistin Janette Rorely-Hallington mit der Genforscherin Frostine Biancucci über einen Film, der auf einem Artikel basiert, welchen Biancucci über ihre eigene Jugend veröffentlicht hatte. Wir können hier deutlich erkennen, wie ein faktenbasierter autobiografischer Artikel zum Zweck einer Märchenmetapher verändert wurde.

Das Interview wurde im Magazin *Young Cosmo* veröffentlicht, von dem leider nur wenig bekannt ist. Es war vermutlich das Nebenprodukt eines Magazins für erwachsene Leserinnen mit dem Namen *Cosmo* oder *Cosmopolitan*, das sich jedoch an eine jüngere Zielgruppe richtete, vermutlich dreizehn- bis neunzehnjährige Leserinnen.

Die Einleitung des Interviews ist ein gutes Beispiel für den munteren, plauderhaften Schreibstil der nordamerikanischen

Mode-, Klatsch- und Lifestyle-Magazine der zweiten Hälfte des 20. Jahrhunderts. Diese Art zu schreiben hielt sich bis weit in die 2030er-Jahre auch in den Onlinemagazinen, nachdem die Printausgaben kurz vor Dark Winter merklich reduziert wurden. Die meisten dieser Illustrierten, sowohl in Print- wie Online-Formaten, gingen durch Dark Winter verloren. Die wenigen Exemplare, die Dark Winter überstanden haben, weisen genau diesen Schreibstil auf.

Im Folgenden findet sich nun eine kurze Auflistung der wichtigsten Begriffe des Interviews, die den Lesenden möglicherweise nicht geläufig sind:

Mafia: Auch wenn die Mafia in manchen Büchern erwähnt wird, die Dark Winter überstanden, haben wir nur wenig Kenntnisse darüber, was es genau war. Die Mafia scheint eine organisierte Gemeinschaft italienischer Krimineller gewesen zu sein, die ursprünglich aus Sizilien stammten und im späten 19. Jahrhundert in den verarmten Ghettos der amerikanischen Ostküstenstädte auftauchten. Als *Der Fluch der Grimms* 2023 in *Young Cosmo* veröffentlicht wurde, war die Mafia immer noch aktiv, doch die Morde und Hinrichtungen, für die sie insbesondere in den Jahren 1930–1985 berüchtigt war, schienen im 21. Jahrhundert der Vergangenheit anzugehören. Italienische Familien kämpften immer noch um die Kontrolle über lukrative, illegale Geschäftsmodelle, doch die Gewalt war größtenteils verschwunden – allerdings nicht ganz, wie man daran erkennen kann, dass Frostine Biancuccis Vater in einem «Kugelhagel» ums Leben kam.

Zementschuhe: Eine Beschreibung dieser schaurigen Hinrichtungsmethode findet sich in *Der Fluch der Grimms*. Unseres Wissens nach sind keine Fälle bekannt, bei denen Menschen tatsächlich auf diese Weise ums Leben kamen (wie Frostine selbst sagt), auch wenn die Methode in Romanen und Filmen des 20. Jahrhunderts erwähnt wird. Wir nehmen daher an, dass die «Zementschuhe» Teil der Mafia-Mythologie waren, ebenso wie die glühend heißen Schuhe, in denen die Königin im Märchen *Schneewittchen* tanzen musste. Beides scheinen kreative Schöpfungen zu sein und keine wahren Begebenheiten.

Zoom: Offenbar eine Internet-Plattform, welche die Nutzenden vor der Einführung von Brain Buttons und Gedankenübertragungstechniken befähigte, Konferenzgespräche mithilfe von Geräten wie Telefonen und Computern am Bildschirm zu führen und gleichzeitig Dokumente zu teilen.

Netflix: Ein Streamingservice des 21. Jahrhunderts, der es seinen Mitgliedern ermöglichte, Filme auf internetfähigen Geräten zu sehen. Er wurde 1997 gegründet und produzierte ab 2012 eigene Filme und Serien, die unter dem Label Netflix Original liefen, darunter auch *Schneewittchen und die Zementschuhe*.

Couch-Potato: Es lässt sich nicht mit Sicherheit feststellen, was ein «Couch-Potato» ist, doch wir vermuten, dass damit jemand gemeint ist, der im 20. und 21. Jahrhundert eine lange Zeit auf dem Sofa verbrachte und dabei las, Gespräche führte und

Filme im Fernsehen sah, währenddessen er Kartoffelprodukte zu sich nahm, wie zum Beispiel Kartoffel-Chips – hochkalorische, aber schmackhafte Produkte voller gesättigter Fettsäuren und Kohlenhydrate.

Als Fußnote möchten wir hinzufügen, dass bedauerlicherweise keine Kopie des Films *Schneewittchen und die Zementschuhe* Dark Winter überstanden zu haben scheint. Er findet sich weder im *Katalog antiker Zelluloide* noch auf dem *Verzeichnis vorhandener Filme ab 1950*. Der Film findet jedoch Erwähnung in dem Buch *Eine hundertjährige Geschichte der Academy Awards – 1929 bis 2029*. Die Academy Awards oder auch Oscars waren die höchste Ehrung für einen Film, seine Schöpfenden und Mitwirkenden. Trotz Frostine Biancuccis Kritik an *Schneewittchen und die Zementschuhe* erhielt der Film im Jahr 2024 den Oscar für die Beste Kamera, den Besten Regisseur, das Beste Drehbuch, die Beste Schauspielerin, die Beste Nebenrolle (Mats Skoglund) sowie – sicherlich zur Freude von Frostine – die Besten Kostüme. Im Buch ist ein Foto von Mats Skoglund und Frostine Biancucci bei einer Oscar-Feier zu sehen. Sie lächeln Arm in Arm in die Kamera. Frostine ist sichtbar schwanger. Wir können also mit einiger Überzeugung sagen, dass Schneewittchen und der Prinz am Ende tatsächlich ihr Märchen lebten.

ERDBEER
EISCREME
SCHOKOLADE
EISCREME
KEKS
Lebkuchen

Der Spuk im Bed & Breakfast

ROMAN VON RAYOLA H. JAMES

ERSTES KAPITEL

Heute Morgen hatte ich endlich begriffen, warum sich mein Kopf so schwer anfühlte: Ich war tot.

Seit ich die Augen aufgeschlagen hatte, irritierte mich diese Bowlingkugel auf meinen Schultern. Dazu kamen das steife Genick, die ausgetrocknete Kehle, meine steinharten Zehen.

Beim Zeitunglesen fiel dann endlich der Groschen: Leichenstarre! *Rigor Mortis*. Natürlich.

Als ich zum ersten Mal seit einer Ewigkeit aus meinem Bett stieg, entdeckte ich die *Havington Weekly* auf dem Tisch in der guten Stube. Wie sonderbar. Eine Zeitung. Ich hatte seit Jahren schon keine Zeitung mehr gekauft. *Wie ist die hierhergekommen?*, fragte ich mich. Ich schlug sie auf, und eine Schlagzeile sprang mir sofort ins Auge.

RÄTSELHAFTER FUND EINER FRAUENLEICHE
IM GEFRIERRAUM

Ein Gefrierraum? Hatte ich nicht auch so einen Gefrierraum hier im Haus? Schemenhafte Bilder von Tüten mit gefrorenen Erbsen, grünen Bohnen und Pommes frites kamen mir in den Sinn; Hühnerschenkel in einer Tiefkühlpackung, ordentlich aufgereiht wie Soldaten bei einer Parade. Ich erinnerte mich auch an große Fleischlappen, die an Haken hingen oder in Frischhaltefolie eingeschweißt waren. Es gab auch Eis in etlichen Geschmacksrichtungen; Waldbeere ... und ... Pfefferkuchenteig! Ja, massenhaft eingefrorenen Pfefferkuchenteig.

Fasziniert, aber noch nicht ganz in der Lage zu begreifen, was all das zu bedeuten hatte, las ich den Zeitungsartikel.

Havington Hall, Dienstag, 18. März 2042

Am späten Samstagnachmittag wurde in der Nähe vom Big Pond im ehemaligen «Little Inn in the Woods» eine Frau tot aufgefunden. Das kleine Gästehaus befindet sich in den Black Woods in der Nähe des Highway B43, fünf Meilen von Havington Hall. Die vielen Unklarheiten rund um die Untersuchung und das mysteriöse Leben der Frau heizen die Spekulationen an.

Havington Hall. Highway B43. Little Inn in the Woods. Das alles klang so seltsam vertraut. Aber erst, als ich meinen Namen in dem Artikel las, begriff ich, dass es tatsächlich um mich ging.

Ermittler haben die Leiche inzwischen identifiziert. Es handelt sich um Tabitha Wick, 44, Besitzerin des einstigen «Little Inn in the Woods».

Ich war also tot! Da stand es schwarz auf weiß. Mein Gott – was war ich denn dann? Ein Geist? Ein Geist, der *lesen* konnte?

Das «Little Inn in the Woods», bestehend aus einem kleinen Restaurant und einem Bed & Breakfast mit zwei Zimmern, einst Anlaufstelle für Wanderer und Fahrradfahrer in den Black Woods, ist seit zehn Jahren außer Betrieb. «Als die Zeiten so schlecht geworden sind, blieben die Touristen aus», erklärte Wicks Schwester Pippa Harling, die in Salisbury wohnt, bei einem Telefon-Interview. «Was sind das nur für schlimme Zeiten. Einfach schrecklich. Und jetzt auch noch das. Die arme Tabby.»

Pippa! Meine liebe Schwester Pippa!

Die Todesursache bleibt weiterhin unklar. Die von der Polizei angeordnete Obduktion soll nun klären, ob die Frau den Gefrierraum möglicherweise aus gesundheitlichen Gründen nicht mehr hatte verlassen können. Zurzeit werden die Aufzeichnungen aus den Überwachungskameras der Hauptstraßen ausgewertet, zudem stehen die Ergebnisse der toxikologischen und forensischen

Tests aus. Im Garten hinter dem Haus fand die Polizei einen unverschlossenen Stall, in dessen Inneren sich ein halbes Dutzend Knochen befanden. Auch deren Herkunft wird untersucht.

Wie sehr ich mich auch bemühte, ich konnte mich einfach nicht an meinen Tod erinnern. War ich im Gefrierraum an Unterkühlung gestorben? Oder erstickt? Oder beides? Weder noch? Hatte ich mich aus Versehen selbst darin eingeschlossen? Ich erinnerte mich aber dunkel an einen Notknopf.

Während einer Pressekonferenz am Montag erklärte Chief Inspector Theo Lawrence von der Polizei von Havington Hall, die Ermittler hätten die Frauenleiche im Gefrierraum des Hauses entdeckt, nachdem Philipp Yaegger sie wegen eines möglichen Raubüberfalls angerufen hatte. Yaegger, Direktor von Havington Halls zwölf Gemeinschaftsunterkünften für obdachlose Familien, die sich verstreut am Rande der Black Woods befinden, erklärte: «Ich fahre auf meinen Runden zweimal wöchentlich hier vorbei. Normalerweise bin ich ganz allein auf den Wegen, besonders zu dieser Jahreszeit. Es war fast schon dunkel. Die Tür vom Gästehaus stand weit offen, drinnen war aber kein Licht. Mir kam das verdächtig vor. Darum habe ich die Polizei angerufen.»
Beim Eintreffen der Polizei einige Stunden später ent-

deckte man die Frau im verschlossenen Gefrierraum sowie Hinweise darauf, dass sie versucht hatte, daraus zu entkommen.

Hinweise? Hatte ich versucht, die Tür aufzubrechen? Aber wie? Ich betrachtete meine Hände. Irgendetwas Schwarzes klebte unter meinen Nägeln. Blut? Schmutz? Die Nägel selbst waren eingerissen und abgebrochen, meine Finger zerschrammt, die Haut aufgerissen. So als hätte ich mit jemandem gekämpft, aber daran konnte ich mich überhaupt nicht erinnern.

Tabitha Wick lebte nach Aussage ihrer Schwester sehr zurückgezogen. Man habe sie nur selten in Havington Hall oder in den anderen angrenzenden Gemeinden gesehen. Nur wenige Leute erinnern sich noch an das Gästehaus im Wald.
Es ist unklar, wie lange das Opfer im Gefrierraum eingesperrt war. Nach Aussage von Pippa Harling telefonierte sie am Mittwochvormittag zum letzten Mal mit ihrer Schwester, mehr als drei Tage, bevor sie gefunden wurde. «Es war ein ganz normales Gespräch», erklärte Harling der Polizei unter Tränen. «Tabitha hat erwähnt, ihre Brille wäre kaputt. Sie hatte sehr schlechte Augen.»

Ich betastete mein Gesicht und stellte fest, dass ich keine Brille trug. Du meine Güte, ich hatte ohne Brille gelesen! Ich ging zum Fenster. Meine Beine fühlten sich immer noch ein bisschen steif an, aber gehen konnte ich trotzdem ohne Probleme. Ich schaute hinaus zum Big Pond und sah die Enten darauf vollkommen scharf. Tot sein hatte anscheinend auch seine Vorteile. Perfekte Sehschärfe, zum Beispiel.

Hinter mir hörte ich leise Schritte. Erschrocken fuhr ich herum und sah etwas Schwarzes, Pelziges auf den Sessel springen. «Samantha!», rief ich.

Samantha streckte sich, gähnte und rollte sich im Sessel zusammen. Ich freute mich, meine Katze zu sehen. Allerdings war ich nicht sicher, ob sie *mich* sehen konnte. Oder hören. Ich stellte ihr etwas Katzenfutter hin und frisches Wasser, dann ging ich wieder zum Tisch.

> Trotz der schlechten Augen ihrer Schwester und der kaputten Brille glaubt die Schwester des Opfers an Fremdeinwirkung. Im Online-News-Sender JWG-TV bat sie am Samstag die Zuschauenden um Unterstützung, falls sie etwas über den Vorfall wüssten. «Bitte, bitte melden Sie sich», sagte sie.

Fremdeinwirkung? Jetzt, wo mein Kopf langsam klar wurde, schien mir das absolut plausibel. Ich ging durch die Stubentür in die Küche des Restaurants und von dort weiter in den Gefrierraum. Ich zog die Tür auf und trat ein, schob aber vorsichtshalber den Türstopper an seinen Platz. Auf keinen Fall wollte ich noch einmal dort eingesperrt sein, weder tot noch lebendig. Samantha folgte mir bis zur offenen Tür, doch die Kälte schien ihr nicht zu gefallen, darum blieb sie davor sitzen.

Von innen befand sich ein Notfallknopf an der Wand neben der Tür. Ich drückte darauf. Ein grünes Licht leuchtete auf, und ich hörte ein Klicken in der Tür. Der Mechanismus funktionierte einwandfrei.

Ich las den Temperaturanzeiger: -25°. Ich war vermutlich an Unterkühlung gestorben, nicht erstickt, schlussfolgerte ich. Bei -25° konnte ich nur in meinem Morgenmantel nicht lange überlebt haben. Ich legte die Hand an einen großen Beutel Erdbeeren. Sie waren hartgefroren. Seltsamerweise spürte ich die Kälte nicht. Noch ein Vorteil des Geistseins? Perfekte Sehschärfe und Kälteunempfindlichkeit?

Ich schaute mir die Regale genauer an. Sie waren gut gefüllt. Das ganze Essen konnte unmöglich nur für mich allein gewesen sein. Es gab sogar Fisch und einen Sack voll ... *Krebsschalen*? Wozu sollten die gut sein?

Ich ging zurück zur Tür und untersuchte sie. Sie war zerkratzt. Ein Metallhaken lag auf dem Fußboden. Hatte ich versucht, die Tür mit dem Fleischerhaken aufzubrechen? Ich musste wirklich verzweifelt gewesen sein. Vielleicht hatte ja jemand die Tür von außen verbarrikadiert, indem er einen Stuhl unter die Türklinke geschoben hatte oder Ähnliches. Es stand zwar im Zeitungsartikel nichts dazu, doch vielleicht wollte die Polizei diese Information erst mal für sich behalten.

Ich verließ den Gefrierraum. Samantha huschte davon und sprang auf den Fleischerblock. Er bestand aus robustem Holz und Edelstahl und war groß genug, um auf ihm ein ganzes Schwein zu zerlegen. Ich hatte ihn von meiner Großmutter geerbt.

Ich öffnete die Tür zur Speisekammer. Sie war ebenfalls begehbar, aber nicht so groß wie der Gefrierraum. In den gut gefüllten Regalen lagen Pasta, Polenta und Reis, Gewürze, Kräuter, Konfekt und Schokolade, abgepackte Bonbons und Kekse.

Auf einem hohen Regal sah ich einen Zehn-Liter-Steinguttopf. Darauf war mit der Hand *Soleier* geschrieben worden. Es erinnerte mich an irgendetwas – aber an was? … Eine offene Gummibärchentüte lag auf der Arbeitsplatte. Ich schob mir ein gelbes Gummibärchen in den Mund. Es war etwas hart und schmeckte nach … nichts. Nicht einmal süß. Ich nahm eine Tafel dunkler Schokolade, öffnete sie und brach ein Stück ab. Es schmeckte nach … nichts. Der Geschmacksverlust war definitiv kein Vorteil. Ich hatte immer gern gegessen, meinte ich mich zu erinnern. Was war noch mal meine Leibspeise gewesen? … Irgendetwas aus dem Ofen mit viel Knoblauch und Zwiebeln und frischen Kräutern und Gewürzen. Irgendetwas Fettes, Saftiges. Etwas Junges und Zartes. Ein Ferkel? Lamm? Kalb? Oder …? Ich bekam es nicht zu fassen.

Wie merkwürdig das alles war.

Ich kehrte in die gute Stube zurück, ging wieder zum

Tisch mit der Zeitung. Ich setzte mich hin und brach mir ein weiteres Stück Schokolade ab. Es schmeckte immer noch nach nichts.

Kurz nach Bekanntgabe von Wicks Tod verbreiteten sich in den sozialen Netzwerken diverse Verschwörungstheorien. Ein Zusammenhang zwischen dem Tod der Besitzerin und dem in den letzten zehn Jahren bisher ungeklärten und mehrfachen Verschwinden von Kindern aus den Gemeinschaftsunterkünften für obdachlose Familien wurde angedeutet. Auf die Frage, ob der Fall als Mord behandelt würde, antwortete Brian Willoghby, Bürgermeister von Havington Hall: «Die Ermittelnden werden jeden einzelnen Kieselstein umdrehen.»
Auf Fragen nach Einzelheiten wollte die Polizei bei der Pressekonferenz nicht eingehen, um die laufenden Untersuchungen nicht zu gefährden. Mr. Yaegger, dem als Erstes aufgefallen war, dass etwas in dem kleinen ehemaligen Gästehaus nicht stimmte, gab jedoch zu Protokoll, er habe gesehen, wie zwei Teenager aus der Obdachloseneinrichtung «Fair Haven» im Garten von Tabitha Wick mit ihr sprachen. Die Namen der Kinder wurden bisher nicht veröffentlicht, da der Fall noch nicht abgeschlossen ist.

«Hey!», rief eine Stimme.

Ich fuhr zusammen, zu Tode erschrocken. Na ja, metaphorisch ausgedrückt, denn ich war ja natürlich schon tot.

Ein großer, dürrer Mann um die vierzig mit hagerem, grauem Gesicht sah mich direkt an. «Was macht die Schokolade da auf dem Tisch?»

Ich überlegte noch, wie ich auf seine Frage antworten sollte, als mir klar wurde, dass er gar nicht mit mir sprach, sondern mit einem jüngeren Mann, der hinter ihm ins Haus gekommen war. Der Mann war kleiner, sah aber ebenfalls unterernährt aus. «Keine Ahnung, Boss», antwortete er. «Vielleicht war Chief Inspector Lawrence nach uns hier? Und hat uns die Schokolade dagelassen, weil er wusste, dass wir heute Morgen kommen?»

«Er soll uns die dagelassen haben? Nee, das sieht ihm gar nicht ähnlich. Er wollte sie bestimmt noch mitnehmen. Hat sie bloß hier vergessen. Er reißt sich alles unter den Nagel, was er kriegen kann. Wer weiß, was er schon alles mitgenommen hat. Die Zeitung hier jedenfalls war meine. Ich habe sie hier gestern vergessen.»

Der jüngere Mann sah sich um. «Ich finde es hier ja ziemlich gruselig.»

«Setz dich hin und hör auf zu plärren», sagte der Ältere und nahm selbst am Tisch Platz. «Verrat mir, was du gestern Abend rausgekriegt hast. Wir haben noch viel zu tun: den ganzen Tiefkühlraum. Und die Speisekammer.»

Der Jüngere setzte sich ebenfalls an den Tisch, ließ aber dabei meine Schokolade nicht aus den Augen.

Offensichtlich konnten die Männer mich nicht sehen. Das war unbestritten ein Vorteil. Aber konnten sie mich hören?

Ich räusperte mich – keine Reaktion. Interessant. Sie konnten mich weder sehen noch hören.

«Wollen wir ein Stück probieren?», fragte der Jüngere zaghaft, die Augen immer noch auf die Schokolade geheftet. «Es ist Schweizer Schokolade.»

«Das ist gegen die Regeln, du Holzkopf», knurrte der Ältere.

Schweigend betrachteten sie die Tafel Schokolade einen Moment, dann griff der Ältere danach und klopfte sie Holzkopf auf den Kopf.

Die Schokolade zerbrach in zwei Teile.

Der Ältere stürzte sich auf das größere Stück, und beide schlangen ihre Beute herunter.

Ich war fasziniert von dem Drama, das sich vor mir abspielte, schaute gebannt, wie sie kauten und voller Genuss stöhnten.

Als sie fertig waren, nahm der Ältere das Einwickelpapier und schob es dem Jüngeren hin. «Lass das mal verschwinden. Beweisvernichtung.»

Holzkopf nahm das Papier und schob es sich in seine Hosentasche.

«Also, was hast du über diese Kinder rausgekriegt?», fragte der Ältere.

Der jüngere Mann zog ein mobiles Gerät hervor und tippte und wischte auf dem Display herum. Darin waren offensichtlich seine Notizen, die er überflog. «Der Vater hat sie vor ungefähr vier Wochen als vermisst gemeldet. Hat gesagt, er und seine Frau hätten die Kinder am 11. Februar im Wald verloren; sie hätten nach ihnen gesucht, sie aber nicht gefunden.»

«Haben sie eine Vermisstenanzeige aufgegeben?»

«Ja, eine Woche später, am 18. Februar. Aber es wurde keine Suche eingeleitet. In der Vermisstenabteilung stauen sich gerade die Fälle. Alle sind krankgemeldet. Oder schwänzen, oder –»

«Okay, okay, und weiter?»

«Also, die Kinder gelten seit vier Wochen als vermisst, und dann tauchen sie ganz plötzlich letzten Mittwoch, am 12. März, um die Mittagszeit wieder auf. Der Junge hat unerklärlicherweise ungefähr fünf Kilo zugenommen, und das Mädchen verteilt Gummibärchen und Lollis an alle Kinder im Obdachlosenheim. Sie müssen sie gestohlen haben, aber das interessiert die Leute dort ja gar nicht. Die haben alle Hunger und essen, was sie kriegen können. Wir sollten also gucken, ob die alte Schachtel hier Gummibärchen und Lollis in der Speisekammer hortet. Dann wissen wir mit ziemlicher Sicherheit, dass die Kinder hier gewesen sind.»

Die alte Schachtel? Meinten sie etwa mich? Ich war erst vierundvierzig Jahre alt!

«Aber am nächsten Tag», fuhr Holzkopf fort, «am Donnerstag, letzten Donnerstag, sind die Kinder und ihr Vater plötzlich verschwunden. Ohne sich von irgendwem zu verabschieden. Sie haben sich einfach in Luft aufgelöst.»

«Vor fünf Tagen?»

«Ja.»

«Dann erwischen wir die auch nicht mehr. Die haben viel zu viel Vorsprung. Bestimmt sind sie mittlerweile schon halb in Grönland. – Was ist mit der Mutter?»

«Die ist raus aus der Sache. Sie war die Stiefmutter. War wohl ziemlich fies drauf. Hatte irgendwas mit jemand anderem laufen. Erinnerst du dich an den Vorfall vor zwei Wochen mit dem Mann und der Frau in dem gestohlenen Auto, die von dieser rabiaten Jugendbande überfallen und getötet wurden?»

«Die Rosehill Gang?»

«Nein, das war der Mordfall in der Woche davor. Ich meine die Gang aus Little Kinby», sagte der Jüngere.

«Das war die Frau? Die Stiefmutter? Die wurde ermordet?»

Holzkopf nickte. «Brutal. Zusammen mit dem anderen Mann.»

Der ältere Mann seufzte. «Lawrence will sicher, dass wir trotzdem eine Suchaktion nach dem Vater und den beiden Kindern starten. Hast du Personenbeschreibungen?»

«Klar.»

Der ältere Mann griff in seine Tasche und zog einen Autoschlüssel und sein Handy heraus. Er warf den Schlüssel auf den Tisch. «Okay. Schieß los. Ich schreibe mit. Wie hießen die beiden?» Er entsperrte sein Telefon. «Verdammt! Kein Akku mehr. Ich hab vergessen, es zu laden. Ich mach's später im Auto.» Er legte das Telefon neben die Schlüssel auf den Tisch.

«Ich leite dir alles weiter. Also. Der Vater heißt Kevin Cain. Der Junge heißt Hans. Das Mädchen Gretel. Es sind Zwillinge, dreizehn Jahre alt. Und jetzt hör zu, sie –»

Ich schlug mit der Faust auf den Tisch.

Die Männer starrten mich an und erbleichten.

Hans und Gretel? Auf einmal erinnerte ich mich wieder! Sie waren es! Sie hatten mich im Gefrierraum eingeschlossen. Ich sah ihre Gesichter vor mir – die reinsten Unschuldsengel (nachdem ich sie zuvor aufgepäppelt hatte). Rosige Wangen. Blonde Locken. Grüne Augen. Süße junge Dinger. Aber diese Gretel hatte es faustdick hinter den Ohren. Ein bisschen zu clever, als ihr gut tat ... Wieso hatten sie sich bloß auf einmal gegen mich gewandt? Ich konnte mich irgendwie nicht mehr erinnern. Hatte ich nicht für sie gekocht? Sie gefüttert? Ein Pfefferkuchenhäuschen kam mir in den Sinn. Wir hatten es zusammen gebacken – Gretel, Hans und ich. Es schmeckte köstlich. Aber nun war ich ihretwegen tot! Und konnte keinen Pfefferkuchen mehr schmecken!

Ich schlug wieder mit der Faust auf den Tisch.

«Hast du das auch gemerkt?», fragte Holzkopf.

«Wie der Tisch zittert?»

«Ja. Schon zum zweiten Mal.»

Aha. Sie konnten also die Vibration spüren, mich aber weder hören noch sehen.

Holzkopf stand auf. «Ehrlich, Boss, ich finde es hier echt gruselig.»

«Stell dich nicht so an! Was hast du sonst noch rausbekommen?»

Holzkopf sah sich um, dann setzte er sich wieder hin. Er schaute auf sein Telefon. «Bevor sie verschwanden, gab Gretel ihrer besten Freundin im Heim, Zoe Orenstein, ein Geschenk. Zoe benahm sich so seltsam vorsichtig, als ich sie und ihre Mutter gestern Abend befragte. Darum habe ich ihr Zimmer durchsucht. Und das hier gefunden.» Er griff in seine Tasche. Als seine Hand wieder auftauchte, war nicht nur das Einwickelpapier von der Tafel Schokolade darin, sondern die Perlenkette meiner Mutter mit dem Goldverschluss.

«Perlen? Sind die echt?», fragte der Ältere.

Holzkopf nickte. «Es scheint so. Maeve hat es bestätigt. Sie hatte gestern mit mir Dienst. Vor Jahren hat sie mal in der Schmuckabteilung von Selfridge's in Manchester gearbeitet. Sie meinte, wir würden auf dem Schwarzmarkt einen guten Preis für die Kette bekommen.»

«Gute Arbeit, Holzkopf.» Er klopfte dem Jüngeren mit den Fingerknöcheln auf den Kopf. «Gute Arbeit.»

«Maeve will eine Beteiligung.»

«Wenn's sein muss.»

Ich kochte vor Wut. Sie sprachen von *meinem* Schmuck.

Von den Perlen, die meine Schwester Pippa erben sollte. Schmuck, der –

Oh. Jetzt fiel es mir wieder ein: Die Perlen hatten in dem Steinguttopf gelegen! Perlen statt Soleier. Dort hatte ich sie versteckt. Jahrelang war es ein gutes Versteck gewesen, aber diese kleinen Biester Hans und Gretel hatten es offenbar entdeckt. Und nun waren die beiden zusammen mit ihrem Vater auf einem Schnellboot in Richtung Grönland. Von dort aus würden sie ein zweites Boot nach Neufundland nehmen, und schließlich die Ostküste Nordamerikas runterfahren und glücklich bis zum Ende ihrer Tage leben – mit meinem Schmuck! Aber Moment! Hatten sie denn den ganzen Schmuck gefunden?

«Meinst du, es gibt hier vielleicht noch mehr?», fragte Holzkopf.

Genau mein Gedanke. Ich ging zur Speisekammer.

«Wenn diese Gretel so schlau ist, wie man sagt», sagte der ältere Detective, «dann ist wahrscheinlich alles weg. Aber vergiss mal kurz den Schmuck. Wir müssen uns erst mal um die ganzen Lebensmittel hier kümmern. Nachher kommen die Jungs alles abholen. Wenn wir was abkriegen wollen, müssen wir jetzt ran. Ich habe meinen Kofferraum leer geräumt, da haben wir genug Platz. Danach suchen wir nach dem Schmuck. Aber der ist bestimmt schon längst weg.»

Ich war schon fast an der Speisekammer, als ich hörte, wie die beiden aufstanden.

«Was meinst du passiert mit dem ganzen Essen?», fragte der jüngere Mann.

«Du meinst mit dem, was wir nicht selbst mitgehen lassen? Und dem, was Chief Inspector Lawrence gestern nicht eingesackt hat?», kicherte der ältere Mann, und Hohlkopf kicherte auch. «Die werden das an die ganzen Obdachloseneinrichtungen verteilen. Vielleicht noch an die Flüchtlingslager. Die armen Schweine. Da verhungern doch alle. Aber bestimmt nehmen die von der Spätschicht auch einiges für sich selbst mit. Das sind doch alles hinterhältige, gierige Arschlöcher.»

«Wie wir», meinte der Jüngere und lachte.

«Ich frage mich nur, was diese Wick mit dem ganzen Essen wollte. Mit den Sachen, die in ihrem Tiefkühlraum sind, könnte sie eine Armee durchfüttern.»

«Schon komisch, wenn man bedenkt, dass halb England hungert.»

Ich schlüpfte in die Speisekammer, schloss die Tür leise hinter mir und schaltete das Licht an. *Wuusch!* Samantha sprang auf mich zu. Ich keuchte auf – dann musste ich kichern. Sie war direkt durch mich hindurchgesprungen! Ich war für lebendige Wesen also wirklich nur Luft. Nicht allerdings für Gegenstände. Ich konnte zum Beispiel nicht einfach durch eine Tür oder Wand hindurchgehen. Vermutlich könnte ich jemanden mithilfe eines Beils die Finger abhacken, wenn ich dazu Lust hatte. Faszinierend. Derjenige würde das Beil kommen sehen und den Schmerz erahnen, würde aber nicht verstehen, wie das überhaupt passieren konnte. Eine interessante Vorstellung. Meine Möglichkeiten als Geist wurden immer spannender.

Ich griff nach dem Steinguttopf und stellte ihn auf der Arbeitsplatte neben eine Packung Frischhaltebeutel. Ich spähte hinein. Tatsächlich, mein Schmuck war verschwunden. Aber offenbar war Gretel nicht ganz so clever, wie sie gedacht hatte. Der doppelte Boden war unberührt. Meine Edelsteine waren hoffentlich immer noch in Sicherheit.

Ich hörte, wie Holzkopf und sein Boss den Gefrierraum betraten und den Türstopper an seinen Platz schoben, damit die Tür nicht zufiel.

Ich beugte mich über den Steinguttopf, um den doppelten Boden rauszunehmen, doch in diesem Moment sprang Samantha auf die Arbeitsplatte. Aus reiner Gewohnheit scheuchte ich sie mit einer Handbewegung weg, doch dabei kam ich gegen den Topf – er fiel zu Boden und zerbrach in tausend Stücke.

«Was war das?», hörte ich den Älteren sagen.

Sofort schaltete ich das Licht aus.

Einen Augenblick später schwang die Tür zur Speisekammer auf, und das Licht ging wieder an.

Samantha machte einen Satz auf den Mann zu.

«Aaahh!», schrie er, erschrocken. «Eine Katze! Wo kommt die denn her?»

Samantha fauchte ihn an. Ich drückte mich am Tresen entlang von den Männern weg.

«Boss! Sieh dir das an!», sagte Holzkopf. Er deutete auf meine Edelsteine, die neben den Scherben verstreut auf dem Boden lagen und glitzerten.

«Heilige Scheiße!», sagte der Ältere. Er bückte sich und fischte die diamantenbesetzten Ketten, Ohrringe, Ringe und Armreifen heraus. Er legte sie auf die Arbeitsplatte.

Holzkopf half ihm nur zu gern dabei.

«Das ist ja ... der Wahnsinn!», sagte der andere. «Das müssen wir alles sofort in Sicherheit bringen!»

«Hier», sagte Holzkopf und nahm einen Frischhaltebeutel aus der Packung am Tresen.

Der Ältere warf den Schmuck hinein und verschloss die Tüte. «Leg das ins Auto. Ins Handschuhfach. Unter die schmutzigen Taschentücher. Und pass auf: Wir lassen die Scherben so auf dem Boden liegen und schließen die Katze hier ein. Wer immer nach uns herkommt, findet die Katze und den zerbrochenen Topf. Ist immer gut, einen Schuldigen zu haben. Wir wollen ja nicht, dass irgendwer auf komische Ideen kommt und uns dumme Fragen stellt.»

«Aber wir sollten nachsehen, ob noch mehr Schmuck da ist.»

«Da hast du recht. Das machen wir auch. Sobald wir das Essen eingepackt haben.»

«Okay.» Holzkopf ging los, kam aber gleich wieder zurück. «Der Autoschlüssel?»

Der ältere Mann suchte in seinen Taschen. «Oh. Auf dem Tisch. Im anderen Zimmer.»

Holzkopf ging.

«Warte! Leg auch die Perlenkette mit dazu, okay?»

«Klar, Boss.»

«Gut. Geh. Schnell!»

Die beiden wollten meine Edelsteine stehlen? Und meine Perlenkette? Und sie wollten Samantha in der Speisekammer einsperren?

Der ältere Mann schaltete das Licht in der Speisekammer aus, gab Samantha einen Tritt und schloss die Tür. Ich hörte, wie er wieder in den Gefrierraum ging. Ich wartete einen Moment, dann glitt ich vorsichtig aus der Speisekammer. Samantha ließ ich noch drin.

Ich nahm einen Stuhl vom Küchentisch und stellte ihn unauffällig hinter den Fleischerblock. Dann setzte ich mich und wartete.

Holzkopf kam zurück. Er bemerkte den Stuhl nicht. «Erledigt!», sagte er und betrat den Gefrierraum.

Ich stand auf und schlich ihm nach, spähte durch die offene Tür.

«Sag mal», sagte der Ältere, der gerade ein gefrorenes Stück Fleisch inspizierte, das an einem Haken hing. «Was ist das für Fleisch? Schweinshaxe?» Er klappte den Kragen seiner Jacke hoch und schauderte. «Wir sollten uns beeilen. Hier drinnen ist es ja eiskalt.»

Der Jüngere ging zu seinem Boss hinüber.

Ich zog den Türstopper ganz vorsichtig und leise zur Seite. Jetzt hielt ich die Tür nur noch mit der Hand auf.

«Keine Ahnung», sagte Holzkopf. «Sieht gar nicht aus wie eine Schweinshaxe, oder? Auch nicht wie Lammkeule. Dafür ist es viel zu lang. Ehrlich gesagt, sieht es beinahe aus wie –»

«Meinst du, das ist Rind? Meine Frau erinnert sich immer noch gern an Steaks vom Holzkohlegrill. Ich war ja mehr für Spareribs.»

Ich zog die Tür zu, hörte, wie sie einrastete, dann zog ich mit einer raschen Bewegung den Stuhl davor und klemmte die Rückenlehne unter den Türgriff.

Ich hörte die gedämpfte Stimme des älteren Mannes. «Hey, Holzkopf! Was hast du gemacht? Die Tür!»

«Ich? Ich stehe doch hier bei dir.» Einer von beiden rüttelte am Griff. Aber die Tür saß fest.

«Was machen wir jetzt? Wie kriegen wir die Tür wieder auf?», sagte der Ältere.

Ich hörte, wie die Tür klickte. Sie mussten den Notknopf gefunden haben.

Aber der Stuhl hielt die Tür fest.

«Sie ist entriegelt, aber sie geht nicht auf!», sagte Holzkopf und rüttelte wieder am Griff. «Sie klemmt!»

Jetzt schrien beide Männer und schlugen gegen die Tür. Sie wackelte, blieb aber verschlossen, wenn ich auch nicht wusste, wie lange noch. Ich sollte mich besser beeilen.

Im Schlafzimmer fand ich im Kleiderschrank einen Gürtel, ging schnell zurück, und befestigte damit den Türgriff an einem Bein des Fleischerblocks. Schon besser.

Ich befreite Samantha aus der Speisekammer, nahm die Handys und die Autoschlüssel vom Tisch und steckte sie in meinen Rucksack. Ich legte meinen Morgenmantel ab und zog mir Rock, Pullover, Strumpfhosen, Schuhe und Mantel über. Mich konnte zwar niemand sehen, und ich war auch nicht kälteempfindlich, aber für den Fall, dass ich einem anderen Geist begegnete, hielt ich es für vernünftig, anständig angezogen zu sein. Man konnte ja nicht wissen, wen man so alles kennenlernte.

Ich verließ das Haus, ging zum Auto des Detectives, holte den Schmuck aus dem Handschuhfach und schob ihn ebenfalls in meinen Rucksack. Der ältere Mann hatte recht, die Taschentücher waren wirklich schmutzig. Bäh!

Gerade wollte ich losgehen, als ich ein Miauen hörte. Samantha war mir gefolgt. «Halt du hier die Stellung, Sammy», sagte ich zu ihr. «Ich bin bald zurück. Aber zuerst muss ich ein Schnellboot nach Grönland kriegen.»

Als ich davonging, sah ich Samantha auf eine Maus stürzen. Sehr gut. Sie mochte Mäuse. Ihre Leibspeise. Sie würde schon ohne mich zurechtkommen.

Der Kultroman *Der Spuk im Bed & Breakfast*, der bei seinem Erscheinen 2025 von der Kritik überwiegend positiv aufgenommen wurde, ist ein Paradebeispiel für einen «dystopischen Roman», eine literarische Gattung, die in der ersten Hälfte des 21. Jahrhunderts sehr in Mode war. Er spielt in England in einer nahen Zukunft, etwa zwanzig Jahre später, zu einer Zeit, als die gesamte Welt unter den Folgen des Klimawandels litt, welcher unter anderem zu Missernten, Rezession, Hunger und Armut führte. Die schwierige Lage wird bereits im ersten Kapitel des Romans angedeutet, jedoch im Laufe der Geschichte immer deutlicher und bedrückender dargestellt.

Der Charme des Romans besteht in seiner gelungenen genreübergreifenden Fusion von Dystopie, Geistergeschichte, Märchen, Gesellschaftskritik und *Dramedy* (selbst eine genresprengende Gattung aus Komödie und Drama). In der zweiten Hälfte des Buches kommt außerdem noch eine Liebesgeschichte hinzu. Wenn ihr also den ganzen Roman lesen wollt, macht euch auf eine Achterbahn der Gefühle gefasst!

Im ersten Kapitel des Romans lernen wir die Figur der Hexe kennen – im ursprünglichen, extrem finsteren Märchen der Grimms, *Hänsel und Gretel*, ein niederträchtiges, sadistisches, kannibalistisches Weib. Sie genießt geradezu die Angst und Verzweiflung ihrer Gefangenen, benutzt die arme Gretel dazu, ihren

Bruder bis zu seiner sicheren Schlachtung zu füttern, zwingt das Kind sogar, den Kessel mit Wasser zu erhitzen, in dem ihr Bruder gekocht werden soll. Grausamer geht es kaum.

Im Vergleich dazu wirkt das erste Kapitel von *Der Spuk im Bed & Breakfast* locker und verspielt, beinahe so leicht wie die Baisers, mit denen man noch heute selbst gebackene Knusperhäuschen verziert.

Die Hexe in James' Roman ist eine vollkommen andere Figur als die im Märchen. Gleich im ersten Satz erkennen wir, dass sie bereits tot ist. Sie erwacht aus einem tiefen Schlaf, ist verwirrt und orientierungslos. Doch in den ersten fünfzehn Seiten des Romans begreift Tabitha Wick langsam, dass sie ein Geist geworden ist, und die Lesenden erfahren Schritt für Schritt, wer sie war und wie sie gestorben ist – beinahe so, als würde man einem Kind dabei zusehen, wie es seine ersten Schritte unternimmt und seine neue Welt erkundet.

Die Lesenden werden Tabitha Wick vielleicht nicht gleich ins Herz schließen, doch in ihrer Verwirrung ist sie uns sofort sympathisch. Man spürt, dass sie intelligent ist, und ihr trockener Humor ist erfrischend («Tot sein hatte anscheinend auch seine Vorteile. Perfekte Sehschärfe, zum Beispiel»). Selbst ihre Rachegelüste sind nachvollziehbar. Spätestens als die zwei Detectives eingeführt werden, erkennt man Tabitha als Protagonistin und die beiden Männer als die Unsympathen. Natürlich wollen wir wissen, welche Rolle Hans und Gretel in dem Roman spielen. Sind sie Freundinnen oder Feindinnen, unschuldig oder vielleicht sogar die Bösewichte?

Ein großer Teil des Humors in diesem Roman speist sich aus der Kenntnis des ursprünglichen Märchens: die Hexe, die anstelle eines Ofens in einem Gefrierraum landet; die Knochen im Stall, die noch forensisch untersucht werden müssen; die Krebsschalen im Gefrierraum, die die Hexe nicht zuordnen kann; das Rätselraten der Detectives um die Herkunft des Fleisches am Haken.

Neben dieser Märchenvariation empfehlen wir die Lektüre des ursprünglichen Märchens der Brüder Grimm, das man in allen guten Lernnetzwerken finden kann. Und ja: Nehmt euch die Zeit, den Roman im Ganzen zu lesen, besonders wenn ihr wissen wollt, welche Rolle Hans und Gretel in dieser Geschichte spielen. Doch nehmt vorher ein Mittel gegen Seekrankheit ein – die Überfahrt nach Grönland ist ganz schön stürmisch!

macy's

Susies süße Smoothies

Einst lebte ein Mädchen – sein Name war Sue –,
als die Knappheit im Lande nahm tagtäglich zu.
Die Mutter war von all dem Hunger schon krank,
denn sie hatten kein Krümelchen Essen im Schrank.

«Ich geh in die Mall», sagte Sue gradheraus,
«und von dort bring ich uns was zu essen nach Haus.»
Die Straße war dunkel, es brannte kein Licht,
nur die Ratten und Hunde, die störte das nicht.

Die Mall lag verlassen, hier gab es nichts mehr:
alle Läden verrammelt und vollkommen leer.
Sue suchte vergeblich. Schon wollte sie geh'n,
Als 'ne uralte Frau blieb direkt vor ihr steh'n.

«Mein Kind», so die Frau, «ich erkenne dein Leid.
Doch ich werde dir helfen. Nun, bist du bereit?»
Ein Paket gab sie Sue. Diese packte es aus,
zog das seltsame Ding, das darin lag, heraus.

«Die Smoothie-Maschine, ein Zaubergerät,
ist ein magischer Mixer, 'ne Weltnovität!
Mit nur einer Beere habt ihr schon Erfolg
und heraus kommen Smoothies, so viele ihr wollt.»

«Mit Grün drückst du Start, und mit Rot hält sie an.
Ist so einfach, dass selbst schon ein Baby es kann.»
«Oh, danke!», rief Sue, und sie rannte nach Haus.
Und von nun an gab's Smoothies tagein und tagaus:

Zum Frühstück ein Smoothie aus Obst auf dem Tisch,
und am Mittag ein Smoothie aus Erbsen, ganz frisch!
Der Hunger war fort, und das hatte 'nen Grund,
denn die Smoothies, sie waren so gut wie gesund.

Die Mutter war einmal alleine zu Haus.
Tochter Susie war grade zum Spielen hinaus.
«'nen Smoothie zu machen, das ist doch nicht schwer.
Ich brauch nur eine Erdnuss und sonst gar nichts mehr.»

Der Mixer ging los ... doch er hörte nicht auf!
Mixte weiter und weiter, der Brei quoll herauf ...
stieg über den Rand, floss darüber hinaus
und er riss Susies Mutter mit sich aus dem Haus.

Der Brei trug die Mutter direkt bis zu Sue:
«Komm zu Hilfe und bring die Maschine zur Ruh!»

Als Sue ihre Mutter herbeischwimmen sah,
war ihr umgehend klar, was die Ursache war.

Der Brei war so klebrig und schaumig und dick!
Aber Sue kämpft' sich Meter für Meter zurück.
Sie stapfte und kraulte und tauchte und schwamm
durch den Smoothie, den bräunlichen, nahrhaften
Schlamm.

Den Mixer erreicht' sie mit Mühe und Not.
Und sie drückte die Stopptaste in Farbe Rot.
Die Smoothie-Maschine ging trotzdem nicht aus.
Aber Sue war nicht dumm, riss den Stecker heraus.

Natürlich war alles mit Smoothie bedeckt,
doch den Menschen der Stadt hat er sehr gut geschmeckt!
Sie schleckten und leckten die Straßen ganz frei.
Und Klein Susie hieß fortan nur «Prinzessin Brei».

Diese hinreißende wie in seiner Schlichtheit raffinierte Nacherzählung eines der kürzesten, aber humorigsten Märchen der Brüder Grimm, *Der süße Brei*, stammt mit ziemlicher Sicherheit aus der Forester-Kolonie «Camp Grossinger's», die in den New Yorker Catskill Mountains beheimatet war. Dort lebte und arbeitete die Autorin Dr. Honig, die die Werke bekannter Schreibender gern parodierte.

Susies süße Smoothies ist eine geistreiche Nachahmung des unverkennbaren Nonsense-Stils des beliebten amerikanischen Kinderbuchautors Dr. Seuss (1904–1991), den die Autorin hier ebenso verspottet wie verehrt. Bis heute haben Kinder größte Freude an diesem quirligen reimenden Gedicht, insbesondere an dem so faszinierenden wie abstoßenden Bild von Sue und ihrer Mutter, die sich durch den dicken, braunen und klebrigen Brei des Erdnuss-Smoothies kämpfen.

Interessanterweise lässt sich diese Geschichte auch als Gesellschaftskritik lesen: In der zweiten Hälfte des 21. Jahrhunderts nahm die Verödung der Städte auf der ganzen Welt immer mehr zu. Parallel dazu begann mit dem Aufstieg des Online-Handels um die Jahrtausendwende das langsame Siechtum der einst prachtvollen Einkaufspaläste Amerikas, auch Shoppingmalls genannt. Aufgrund des großen Ladensterbens wurden diese Einkaufszentren schließlich komplett geschlossen. Viele von ihnen lagen Jahrzehnte lang brach und wurden erst nach Dark Winter dem Erdboden gleichgemacht.

Diese Märchenvariation entstand irgendwann zwischen 2040, dem Gründungsdatum der Forester-Kolonie Camp Grossinger's, und 2076, als diese während der sogenannten Wild Fires, die den Nordosten der Vereinigten Staaten heimsuchten, komplett niederbrannte. Die Bilder, die das Versgedicht von dunklen, verlassenen, heruntergekommenen, von Ratten befallenen Straßen zeichnet, scheinen direkt aus der Zeit von Dark Winter zu stammen. Allerdings kennt man diese Bilder ebenso aus den Beschreibungen amerikanischer Ghettos aus dem 20. Jahrhundert sowie von heruntergekommenen Städten wie Detroit, Michigan, fünfzig Jahre vor Dark Winter (1990–2020). Wer weiß? Es mag sogar sein, dass Dr. Honig, die 1995 geboren wurde, aus ihren eigenen Kindheitserfahrungen schöpfte.

Abschließend noch ein Wort über das Getränk, das in dieser Geschichte angepriesen wird. *Smoothies* sind vermutlich vergleichbar mit den Berryolas und Veggiolas, die Urbanites und Forester im 23. Jahrhundert tranken, oder mit den Fricers (fruity icers), die sich heutzutage auf dem indischen Subkontinent großer Beliebtheit erfreuen, ebenso wie Europas Juice Boosters. Doch wie auch immer man das Getränk nennt, es ist, wie Dr. Honig schreibt, *so gut wie gesund*, mit Sicherheit deutlich gesünder als der kohlenhydratreiche «süße Brei», den die Menschen vor etwa tausend Jahren gegen den nagenden Hunger aßen, als dieses Märchen zum ersten Mal erzählt wurde. Darum also: Trinkt nach Herzenslust!

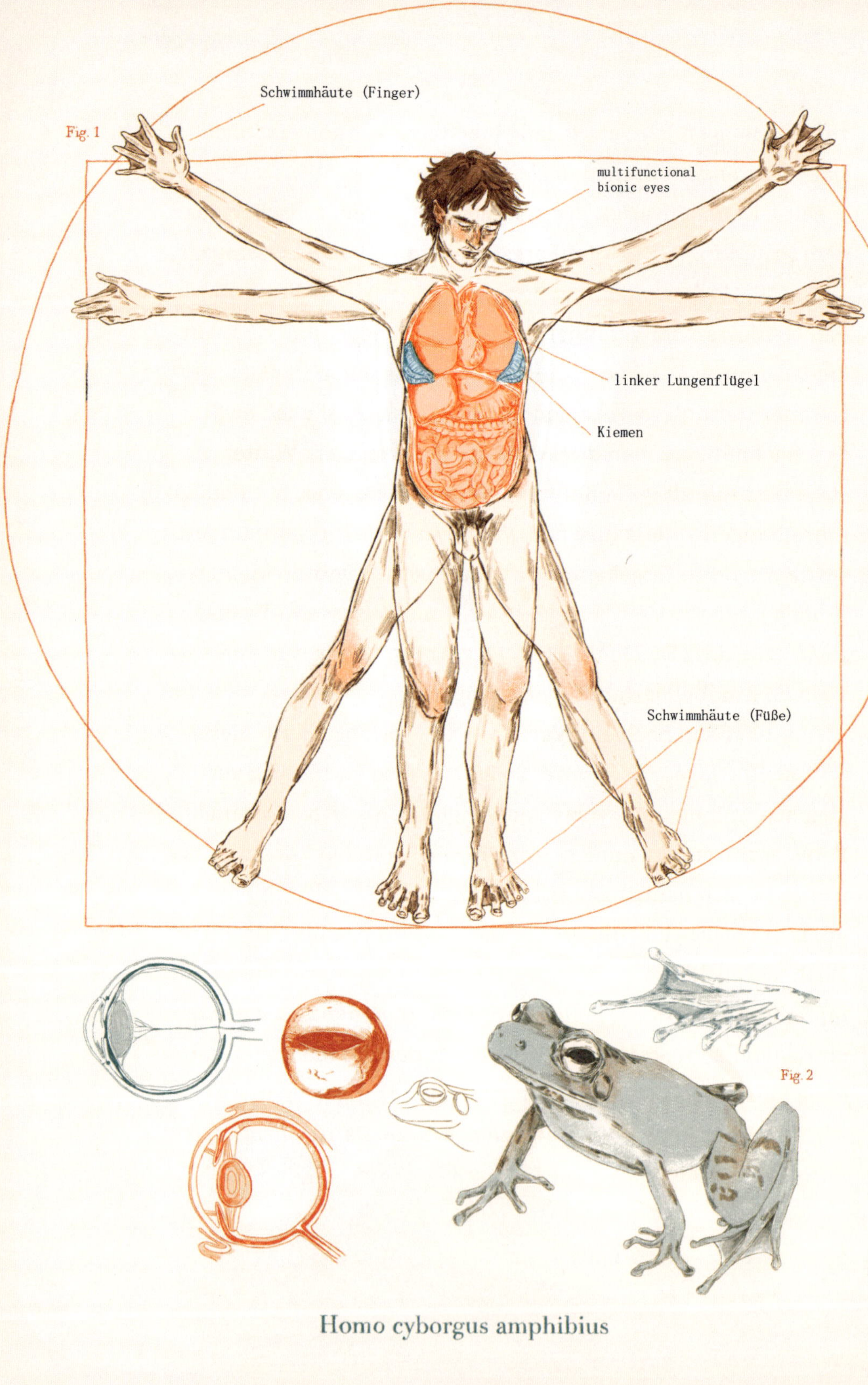

Homo cyborgus amphibius

Homo cyborgus amphibius

EIN BRAINCAST ZUM STREAMEN

1. AUSSEN TAG UNTERWASSER-WALD

Das Jahr 2107. Ein magischer Wald unter der Meeresoberfläche. Schimmerndes Sonnenlicht erleuchtet die Unterwasserwelt.

Eine dichte Wiese aus Algen und Seegras, lange, breite Halme, goldbraun und grün, wiegen sich wie im Traum hin und her. Ein Schwarm von Fischen mit leuchtend gelben und blauen Farbtupfern treibt an drei Quallen vorbei, die ihre feurigen Tentakel schwerelos hinter sich herziehen.

Der Meeresboden ist übersät mit stacheligen Seeigeln, Weichtieren, Seesternen. Sie liegen still, warten auf Beute, dort, in dieser weiten, stummen Welt, an diesem unheimlichen, aber auch meditativen und atemberaubend schönen Ort.

Der große dunkle Schatten eines Raubtieres taucht in einiger Entfernung auf. Es kommt näher und näher. Kleine Fische huschen davon, verstecken sich hinter Meeresblumen. Größere Kreaturen machen Platz – aus Angst, aus Respekt, vielleicht nur aus Vernunft. Aber was ist es für ein Tier? Ein Hai? Ein Orca? Ein Seehund?

Die Umrisse des Raubtiers nehmen Formen an. Es ist ein riesiger Fisch. Nein, ein Mensch. Nein, es ist ... Froschmann.

Der Froschmann, mit richtigem Namen **LAMAR**, ist ein Cyborg. Ursprüngliche Spezies: Mensch. Erweiterte Spezies: Amphibie.

Lamar schwimmt ohne besondere Eile dahin. Auf den ersten Blick wirkt er wie ein Mensch, muskulös und beweglich, doch dann erkennt man die Schwimmhäute an seinen Füßen und Händen. Seine Augen sind außergewöhnlich groß. Kein Wunder, dass alle ihn Froschmann nennen.

> **ERZÄHLERIN** *(off)*
> Einst lebte ein Wesen, teils Mensch, teils Fisch. Seine korrekte Bezeichnung war *Homo cyborgus amphibius*, doch die meisten Menschen nannten ihn Froschmann. Er selbst nannte sich bei seinem Namen, Lamar Patrice.

Etwas in der Ferne fesselt Lamars Aufmerksamkeit. Seine

Augen werden noch größer, heller und treten dann aus ihren Höhlen hervor. Die Kamera folgt Lamar, als er auf eine große dunkle Struktur zuschwimmt.

Als Lamar ankommt, erkennen wir, dass es sich um ein Flugzeugwrack handelt. Auf dem Rumpf lesen wir die Bezeichnung «SL-0815 BabySpinoFighter» und kleiner: «Baltic Corps – anno 2089».

ERZÄHLERIN *(off)*
Lamar fühlte sich im Wasser wie an Land gleichermaßen zu Hause, doch seine Arbeit verrichtete er im Meer. An diesem Tag bereitete er ein noch unerforschtes Gebiet für eine neue Meeresfarm vor. Lamar war ein begnadeter Taucher. Er tauchte tiefer, schwamm schneller und verstand die Gewohnheiten der Meeresbewohnenden besser als alle anderen.

Ein Hai schwimmt vorbei, nimmt jedoch kaum Notiz von Lamar. Und Lamar nicht von ihm.

ERZÄHLERIN *(off)*
Lamar hatte sich ebenfalls einen Namen als begabter Tiefsee-Fotograf gemacht.

Die Augen des Tauchers blitzen auf. Er macht Fotos vom Wrack. Auf seinem Gesicht spiegeln sich Neugierde und Konzentration.

ERZÄHLERIN *(off)*
Geboren von einer Frau, hielt Lamar sich selbstverständlich für einen Menschen. Er hätte wohl auch sein Leben als solcher verbracht, wäre unter den Männern und Frauen der Mittelmeerküste alt geworden, wo er geboren worden war, hätten ihn die letzten Tage des Letzten Krieges nicht seiner Eltern beraubt und ihn mit vier Jahren zum Waisen gemacht.

Lamar umschwimmt vorsichtig das Flugzeugwrack, achtet darauf, nichts zu beschädigen. Unter einem der Flügel entdeckt er ein riesiges Schnellfeuergewehr. Sein Anblick lässt ihn erstarren. Es löst eine Erinnerung in ihm aus.

2. AUSSEN TAG HAFEN/STRASSEN

Siebzehn Jahre zuvor – das Jahr 2090. Krieg. Der Hafen von Marseille. Geplünderte Häuser, ausgeweidete Läden. Die Stadt steht in Trümmern. Rufe. Schreie. **BESATZUNGSSOLDATEN** marschieren eine Straße hinunter. Tieffliegende Hubschrauber. BabySpinoFighters sausen über den Himmel.

Die Kamera hält vor einem Haus, das von drei Soldaten in vollem Gefechtsanzug beschossen wird. Ihre Gesichter sind von Helmen und großen Militärmasken verdeckt. Sie tragen furchteinflößende Waffen bei sich. **SOLDAT EINS** tritt die Tür auf, wird aber von Schüssen getroffen, die von innen kommen. Er fällt zu Boden. **SOLDAT ZWEI** schießt ins Innere des Hauses. Schnellfeuer. Eine Frauenstimme schreit auf. Die Stimme eines Kindes: «Papa!»

3. INNEN TAG ZERBOMBTES HAUS

Ein paar Minuten später. Der Staub legt sich. Wir sehen eine schöne **JUNGE MUTTER** mit rotgoldenen Locken und einen kleineren Jungen mit dunklen Haaren und Augenbrauen. Der Junge ist **LAMAR MIT VIER JAHREN**. Mutter und Sohn hocken zitternd vor Angst unter einer hellblauen Wolldecke, die mit Meerestieren und -pflanzen bestickt ist. Neben ihnen liegt der **VATER** des Jungen. Er ist tot. An der Tür steht **SOLDAT ZWEI** mit seiner Waffe. Er richtet sie auf Lamar.

> **SOLDAT ZWEI**
> Aufstehen!

Er deutet zur Wand, doch der Junge drängt sich nur noch näher an seine Mutter. Sie weint, und er auch.

SOLDAT ZWEI
(brüllt)
Los!

Die Mutter lässt die Hand des Jungen los.

JUNGE
Mama.

MUTTER
Geh, mein Schatz. Geh. Bitte.

Sie nimmt die Decke und drückt sie Lamar in die Hände. Er presst sie an seinen kleinen Körper.

MUTTER
Nimm sie. Vergiss niemals, dass ich dich liebe. Geh.

Der Junge steht zögernd auf, presst die Decke an seine Brust. Der Soldat deutet wieder auf die Wand. Der Junge weicht bis dorthin zurück, lässt seine Mutter aber nicht aus den Augen. NAH auf Lamar.

Schüsse. Nacktes Entsetzen steht im Gesicht des Jungen. Ohne es zu sehen, wissen wir, dass seine Mutter gerade getötet wurde.

4. AUSSEN TAG LUFTAUFNAHME/KÜSTE/BALTICA TECH

Eine Woche später – das Jahr 2090. Wir sehen eine deutsche Küstenstadt von oben. Blauer Himmel. Lufttaxis, kleine Flugzeuge, Drohnen und leichte Wolken ziehen darüber hinweg.

ERZÄHLERIN *(off)*
In den alten Zeiten war es üblich, die Waisenkinder des Krieges an den Meistbietenden zu verkaufen. Da Lamar Patrice keine Familie mehr besaß, wurde er Eigentum der Firma Baltica Tech.

Ein Lufttaxi fliegt an Baltica Tech vorbei. Der Hauptsitz der Firma, ein hochmodernes Gebäude aus Glas und Stahl, liegt weit oben auf einer Klippe. Der junge Lamar schaut aus einem Fenster des Lufttaxis heraus.

ERZÄHLERIN *(off)*
Balticas Hauptsitz an der Nordküste des europäischen Kontinents lag 1500 Kilometer von Lamars südeuropäischer Heimat entfernt.

Das Lufttaxi verschwindet in der Ferne, während die Kamera näher an das Gebäude heran- und in eines der offenen Fenster von Baltica Tech hineinfährt.

5. INNEN TAG BALTICA TECH/ENTWICKLUNGS-ABTEILUNG

AGNES LUNA spricht vor einer Gruppe von **PRESSEMENSCHEN**. Der Prototyp eines **FROSCHMANN-ROBOTERS** steht neben ihr. Agnes trägt schwarze Kleidung. Sie hat schwarze Haare. Ihr Lippenstift ist schwarz, ebenso ihre Augen, ihr Nagellack, alles. Mit Ausnahme ihrer Haut. Diese ist sehr weiß. Ihr Markenzeichen: moderne Spitzhüte, selbst in Innenräumen, sowie ihr ständiger Begleiter, ein weißer Wolfshybrid. Sein Name ist **BULLET**.

AGNES LUNA
Eine große Verbesserung menschlicher Fähigkeiten für unsere Meeresfarmen und die Aquakulturindustrie wäre die Entwicklung eines Unterwasser-Atmungssystems, mit dessen Hilfe Menschen ohne umständliche Sauerstoffausrüstung so lange unter Wasser bleiben könnten wie nötig.

Hinter Agnes Luna sehen wir den Slogan von Baltica Tech: «Präzise Künstliche Intelligenz für das Menschliche Enhancement.»

AGNES LUNA
Der *Homo cyborgus amphibius* wird in der Lage sein, zwischen zwei völlig getrennten Atmungsorganismen hin- und herzuwechseln.

Sie drückt einen Knopf am Roboter. Sein Brustkorb öffnet sich und gibt neben den Lungen auch Kiemen frei.

PRESSEMENSCHEN
Oooooh!

AGNES LUNA
Wir rechnen damit, um die Jahrhundertwende in Produktion gehen zu können, also in etwa zehn Jahren.

Die Pressemenschen applaudieren, und Agnes Luna sonnt sich in der Aufmerksamkeit.

ERZÄHLERIN *(off)*
Die geniale Agnes Luna war nicht nur Leiterin der Entwicklungsabteilung bei Baltica Tech.

6. AUSSEN TAG FRIEDHOF/LUFTAUFNAHME

2090. Reihen um Reihen identischer Grabsteine aus weißem Granit, so weit das Auge reicht. Sie ziehen sich kilometerweit über eine Ebene aus gestutztem grünen Gras. Die Kamera entdeckt einen schwarzen Punkt inmitten dem Weiß und Grün und zoomt heran. Es ist Agnes Luna, die mit Bullet an einem Grab steht. Das Tier knurrt bedrohlich.

ERZÄHLERIN *(off)*
Sie war außerdem Kriegswitwe. Ihr Ehemann war in Marseille im Krieg gegen die Mittelmeer-Allianz gefallen. Sie schwor Rache.

7. AUSSEN TAG OSTSEEKÜSTE/WAISENHAUS

Das Flugtaxi landet vor einem Waisenhaus. Ursprünglich als Reha-Klinik 1970 errichtet, erinnert das Gebäude eher an ein sowjetisches Straflager.

ERZÄHLERIN *(off)*
Baltica Tech ließ sich seine Waisenkinder einiges kosten. Man brachte sie in das nahe gelegene Waisenhaus.

Eine Frau, die **HAUSMUTTER**, steigt aus dem Lufttaxi, öffnet die hintere Tür, und Lamar kommt heraus. Er schultert einen Rucksack und hält die hellblaue Wolldecke seiner Mutter mit den Meerestieren und -pflanzen darauf an sich gepresst. Die Frau und Lamar betreten das Waisenhaus.

8. INNEN TAG WAISENHAUS/SCHLAFRAUM

Ein großes Zimmer mit akkurat in zwei Reihen ausgerichteten Etagenbetten, dazwischen Schreibtische, alles pedantisch ordentlich. JUNGEN sitzen still an ihren Schreibtischen und lesen. Sie tragen alle dieselbe Uniform. Die Tür geht auf. Alle heben gleichzeitig die Köpfe. Die Hausmutter tritt mit Lamar herein.

HAUSMUTTER
Jungs, das hier ist Lamar Patrice. Er hat seine Eltern auf tragische Weise verloren – wie ihr alle. Er kommt zu den Tauchern. Taucher, meldet euch.

Ein paar Jungen heben die Hände. Die Hausmutter schiebt Lamar in ihre Richtung.

ERZÄHLERIN *(off)*
Lamar und die anderen jungen Taucher ahnten nicht, dass sie als Versuchskaninchen für Baltica Tech auserkoren waren.

9. AUSSEN TAG MEER

Fünf Jahre später. Das Jahr ist 2095. Eine Gruppe von Jungen spielt im Wasser, sie springen wie Delphine, tauchen nach Bällen, albern herum. Unter ihnen ist LAMAR MIT NEUN JAHREN. Er taucht einem roten Ball hinterher.

ERZÄHLERIN *(off)*
Lamar entwickelte sich im Waisenhaus gut.

Lamar taucht mit dem roten Ball aus den Wellen empor, doch nun ist er **LAMAR MIT SECHZEHN JAHREN**, das Jahr ist 2102. Lamar ist ein gutaussehender Junge mit schwarzen Haaren, dichten Augenbrauen, vollen Lippen und einem gewinnenden Lächeln. Die anderen Jungen, jetzt ebenfalls **TEENAGER**, stürzen sich johlend auf ihn und ringen ihm den Ball ab. Lachend kann Lamar seinen Freunden entkommen und läuft aus dem Wasser.

ERZÄHLERIN *(off)*
Der Frieden war zurückgekehrt, und Lamars Leben war nicht schlecht. Er war ein freundlicher Junge. Er hatte viele Freunde ...

Eine Gruppe von **MÄDCHEN** am Ufer flirtet mit Lamar.

ERZÄHLERIN *(off)*
... und auch Freundinnen.

Die Jungen necken Lamar, sie johlen und gackern. Er dreht sich wieder um und läuft lachend zurück ins Wasser, taucht unter einer Welle hindurch. Die Kamera folgt ihm.

10. AUSSEN TAG MEER/UNTERWASSER

Wir sehen, wie Lamar und die anderen Jungen mit modernsten Sauerstoffgeräten auf den Rücken tauchen.

ERZÄHLERIN *(off)*
Qualifizierte Taucher standen hoch im Kurs. Meeresbergbau und Aquakultur waren zu wichtigen Industriezweigen der Ostseeküste geworden. Doch die geniale Agnes Luna von Baltica Tech hielt für Lamar eine Überraschung bereit.

11. INNEN TAG OPERATIONSSAAL

Der sechzehnjährige Lamar liegt auf einem OP-Tisch unter Narkose. Eine Gruppe von OPERIERENDEN vollzieht einen komplizierten Eingriff.

Agnes Luna schaut zusammen mit ihrem Wolfshybrid Bullet durch eine Glaswand bei der Operation zu.

ERZÄHLERIN *(off)*
Zunächst hatte sich Lamar gefreut, als Baltica Tech ihn für den Versuch ausgewählt hatte, sich Kiemen in seinen leicht vergrößerten Brustkorb einpflanzen zu lassen. Leider bekam er weit mehr, als er erwartet hatte.

12. INNEN TAG BALTICA ENTWICKLUNGSABTEILUNG

Agnes Luna, wie üblich in Schwarz und mit einem schicken spitzen Hut auf dem Kopf, präsentiert den sechzehnjährigen Lamar einer Gruppe von **PRESSEMENSCHEN**. Lamar trägt Shorts und ein Tanktop. Er sieht wie immer sehr gut aus, doch seine Füße und Hände wirken anders. Er steht auf einem Podest. Seine Haut hat einen durchsichtigen Schimmer. Bullet ist auf der Bühne an einem Pfosten festgebunden.

ERZÄHLERIN *(off)*
Ohne sein Einverständnis hatte Baltica Tech Lamar praktisch in einen Frosch verwandelt.

AGNES LUNA
Seine Pediflosse ...
(deutet auf Lamars große Füße mit den Schwimmhäuten)
... befähigen ihn, sich deutlich schneller und kraftvoller im Wasser fortzubewegen. An Land passen sie wunderbar in Stiefel oder Schuhe.

Lamar schlüpft in übertrieben große Schuhe. Die Besuchenden lachen. Lamar scheint weniger belustigt. Bullet knurrt.

AGNES LUNA
Mit der Haut von *Homo cyborgus amphibius* sind

wir besonders zufrieden, und zwar sowohl mit der Dermis als auch mit der Epidermis und ihrer besonderen Wärmedämmung. Sie erlaubt unserem Modell, längere Zeit unter Wasser zu bleiben.

Agnes Luna fährt mit den Fingerspitzen über Lamars nackten Arm. Die Geste ist beinahe sinnlich, und Lamar zieht seinen Arm weg. Agnes Luna stößt ein kurzes Lachen aus.

AGNES LUNA

Vielleicht hätten wir seine Haut weniger empfindlich machen müssen?

Die Zuhörenden lachen. Selbstzufrieden hebt Agnes Luna eine Hand von Lamar in die Höhe. Er versucht sie ihr wegzuziehen, doch sie hält ihn fest.

AGNES LUNA

Seine Haut kann sowohl die Hitze der Sonne wie der Kälte der sieben Weltmeere widerstehen. Und seine Hände sind zwar mit Schwimmhäuten versehen, doch er kann seine Finger ohne Probleme benutzen. Sie sind sogar ungewöhnlich beweglich. Außerdem ist Lamar jetzt Beidhänder.

(zu Lamar)

Beweg deine Finger.

(Lamar bewegt seine Finger)

Du kannst dich hinsetzen.

(Lamar setzt sich hin)

Und nun, meine Damen und Herren, kommen wir zu meinem Lieblingskörperteil: den multifunktionalen bionischen Augen von *Homo cyborgus amphibius*.

Auf Agnes Lunas Kommando treten Lamars Augen hervor, kreisen herum, blinken und blinzeln.

AGNES LUNA

Scannen ... Zoomen ... Vergrößern.

Lamar fokussiert Bullets Maul und vergrößert seine rasiermesserscharfen Reißzähne. Das Bild erscheint als Hologrammprojektion mitten im Raum.

PRESSEMENSCHEN

Ooooh!

AGNES LUNA

Beleuchtung. Nachtsicht. Infrarot-Sicht. Motion Capture. Filmaufnahme. Bildaufnahme.

Lamars Augen machen ein Foto von den Zuschauern. Das Bild wird ebenfalls als Hologramm projiziert.

PRESSEMENSCHEN
Ooooh!

AGNES LUNA
Außerdem haben wir unserem Taucher einen Weitsichtmodus eingebaut – bis zu 75 Kilometer an Land und 25 Kilometer unter Wasser – bei freier Sicht natürlich.

Lamar schaut aus dem offenen Fenster. Im Schnelldurchlauf «fliegen» wir bis zur Insel Rügen.

PRESSEMENSCHEN
Ooooh!

AGNES LUNA
Wir haben alle Details und Besonderheiten des Modells auf sämtliche elektronische Dienste heruntergeladen. Wenn Sie mit einem Brain Button ausgestattet sind, können Sie jetzt den Ordner «Froschmann» öffnen. – So, habe ich noch etwas vergessen?

LAMAR
Die Röntgenfunktion.

AGNES LUNA
Natürlich. Die Röntgenfunktion.

Agnes Luna geht zu Bullet hinüber. Er knurrt und bleckt die Zähne. Sie stößt ein nervöses Lachen aus.

AGNES LUNA
(zu Lamar)
Bitte demonstrier uns die Röntgenfunktion. Wir würden gern Bullets Skelett sehen.

Lamars Augen treten hervor, kreisen und blitzen auf. Doch statt den Blick auf den Hund zu richten, richtet er ihn auf Agnes Luna. Die Umrisse ihres Körpers erscheinen auf der Projektion. Ihre Kleidung verschwindet, und dort steht sie, wie Gott sie erschaffen hatte. Die Pressemenschen lachen. Agnes Luna ist entsetzt.

LAMAR
Hoppla. Falsches Modell. Falsche Funktion.

13. AUSSEN TAG WAISENHAUS

Die Tür des Waisenhauses öffnet sich. Lamar tritt mit seinem Rucksack und seiner Wolldecke heraus. Die Hausmutter schickt ihn mit einer abweisenden Bewegung fort.

ERZÄHLERIN *(off)*
Lamar bezahlte für seinen harmlosen Scherz einen

hohen Preis. Er wurde aus dem Waisenheim geworfen und war von nun an völlig auf sich gestellt.

14. INNEN TAG FISCHFARM

Ein paar Monate später. Lamar wirft Fischfutter in riesige Fischtanks.

ERZÄHLERIN *(off)*
Lamar fand schließlich Arbeit in einer Fischfarm und schrieb sich in einer Abendschule ein, um seinen Taucherabschluss zu machen.

15. AUSSEN TAG GEWERBEHAFEN

2104. ABSCHLUSSJAHRGANG der Tauchschule. Abgesehen von Lamar, mittlerweile achtzehn Jahre alt, tragen alle die aufwendige Tauchausrüstung des ausgehenden 21. Jahrhunderts. Man überreicht ihnen die Tauchdiplome. Ihre Namen werden aufgerufen, und sie treten einzeln nach vorn zum Podium und schütteln dem BÜRGERMEISTER die Hand. Als Lamar dran ist, applaudieren die Mädchen und Jungen aus dem Waisenhaus, die wir von früher kennen.

ERZÄHLERIN *(off)*
Lamar war der einzige *Homo cyborgus amphibius* in seiner Abschlussklasse. Baltica Tech hatte sein Froschmann-Programm beendet, nachdem zwei von Lamars Kameraden aus dem Waisenhaus bei der Kiemen-Operation gestorben waren. In der Folge investierte Baltica Tech in Roboter anstelle von Cyborgs. Lamar war der erste und letzte Froschmann auf der ganzen Welt.

16. INNEN NACHT BAR

Der einundzwanzigjährige Lamar steht am Tresen einer vollen Bar. Vor ihm stellt ein **BARKEEPER** Getränke auf ein Tablett. Auf der gegenüberliegenden Seite der Bar sitzen die Taucher. Drei junge Frauen sitzen an einem Tisch in der Nähe und beäugen die Männer interessiert. Es sind Schwestern. **ANNABELLE** ist die Älteste, dann kommt **ISABELLE**, und schließlich die Jüngste: **MIRABELLE**, eine Schönheit mit rotgoldenen Locken und zartblasser Haut, die Sommersprossen wie Tupfen ziert.

ERZÄHLERIN *(off)*
Lamar Patrice, das Produkt eines skrupellosen Genies, war inzwischen weit und breit als Froschmann bekannt. Er galt als Kuriosität. Als Freak. Als Mutation. Und er war oft das Ziel von Spott.

Lamar trägt das Tablett zum Tisch. Die **GÄSTE** in der Bar folgen ihm mit belustigten und spöttischen Blicken. Die drei jungen Frauen kichern, flüstern und starren ihn an.

ANNABELLE
(zu ihren Schwestern)
Schaut jetzt nicht hin, aber da drüben ist der Froschmann.

Isabelle und Mirabelle schauen natürlich doch hin.

ISABELLE
Guckt euch mal diese Glupschaugen an.

MIRABELLE
Eklig.

ANNABELLE
Und seine Haut.

ISABELLE
So schleimig.

MIRABELLE
Gruselig.

Lamar kann die jungen Frauen hören. Er versucht, sie nicht zu beachten.

ANNABELLE

Stellt euch mal vor, er fasst euch an. Mit diesen ... Händen.

ISABELLE

Hände? Die Entenfüße nennst du Hände?

MIRABELLE

Quak, quak.

Die Schwestern bemerken, dass Lamar sie hören kann. Sie stecken die Köpfe zusammen. Doch sie sprechen immer noch zu laut.

ANNABELLE

(schaudert)

Stellt euch mal vor, ihn zu küssen.

ISABELLE

Als würde man eine Schlange küssen.

ANNABELLE

Oder eine Eidechse.

ISABELLE

Oder einen Wurm.

MIRABELLE
Igitt!

ERZÄHLERIN *(off)*
Szenen wie diese hätten aus einem geringeren Mann einen Einzelgänger gemacht, verschlossen und zurückgezogen, oder einen Griesgram, der den Rest seines Lebens mit Minderwertigkeitskomplexen herumlief, oder einen verbitterten Menschenfeind. Doch Lamar besaß zu viel Größe. Entgegen aller Vernunft glaubte er an sich selbst. Als kleiner Junge hatte er Liebe erfahren. Und er gab niemals die Hoffnung auf, dass er eines Tages wieder Liebe finden würde.

17. AUSSEN TAG UNTERWASSER-WALD

Wieder in der Gegenwart, 2107. Lamar nimmt das Schnellfeuergewehr und betrachtet es nachdenklich, dann macht er einige Fotos.

ERZÄHLERIN *(off)*
Der Krieg hatte Lamar auf brutale Weise um seine Familie gebracht. Doch er gab niemals die Hoffnung auf, dass er eines Tages wieder eine Familie haben würde.

Lamar legt die Waffe auf den Meeresboden, dann stößt er sich mit den schwimmhäutigen Füßen ab, gleitet geschwind durch das Wasser hinauf, seine Muskeln sind stählern, sein Oberkörper kraftvoll und elegant. Seine Füße paddeln rhythmisch, und befördern ihn weiter, weiter, immer weiter nach oben.

ERZÄHLERIN *(off)*
Lamar gab nie die Hoffnung auf, dass ihn eines Tages eine Frau als das betrachten würde, was er war: ein Mann. Wenn auch ein Mann, der an einen Frosch erinnerte.

18. AUSSEN TAG OFFENES MEER/HIMMEL

Die ruhige Ostsee an einem kühlen, aber sonnigen Herbsttag. Das Blau des Wassers und das Blau des Himmels verschmelzen am Horizont und scheinen eins zu werden. Lamar durchbricht die Wasseroberfläche, das Wasser um ihn herum schlägt kleine Wellen. Er holt tief Luft und seine mächtige Brust weitet sich. Dann schwimmt er Richtung Ufer.

ERZÄHLERIN *(off)*
Lamar ahnte nicht, dass heute der Tag gekommen war, an dem seine Hoffnung auf die Probe gestellt würde.

Lamar schwimmt weiter.

19. AUSSEN TAG OSTSEE-STRAND

Ein wenig später. Lamar schwimmt nicht weit vom Ufer entfernt, an dem ein Strand zu sehen ist und dahinter ein Wald, der in herbstlichem Gold, Braun, Rot und Gelb leuchtet. Nahe an der Küste ist das Wasser etwas unruhig.

Eine hohe Welle erhebt sich hinter Lamar. Er lässt sich auf ihrem Kamm zum Ufer tragen. Die Welle wirft ihn am Strand ab, wo er Mirabelle sieht. Sie kniet am Ufer und weint. Nicht weit von ihr stehen ihre Schwestern, Annabelle und Isabelle. Sie kichern und lachen und laufen dann in Richtung Wald davon.

LAMAR
(zu Mirabelle)
Kann ich dir helfen? Ist etwas passiert?

Mirabelle schaut erschrocken hoch. Verängstigt und gleichzeitig auch angewidert springt sie auf und weicht zurück.

LAMAR
Keine Angst. Ich tue dir nichts.

Annabelle und Isabelle bemerken Lamar. Neugierig kehren sie zurück.

LAMAR
(zu Mirabelle)
Kann ich irgendwas für dich tun?

Mirabelle starrt ihn an und überlegt. Dann sagt sie:

MIRABELLE
Meine Schwestern haben meinen Hut ins Meer geworfen, und der Wind hat ihn abgetrieben.

Lamar schaut aufs Meer hinaus. Seine Augen treten hervor und stellen sich auf Weitsicht ein. Der Anblick ekelt Mirabelle.

ERZÄHLERIN *(off)*
Lamar schaute in die Ferne und sah den Hut auf den Wellen hüpfen. Er könnte ihn leicht holen.

Lamar wendet sich wieder an die junge Frau. Ängstlich weicht sie einen weiteren Schritt zurück.

MIRABELLE
Ich kann ihn nicht holen. Das Wasser ist zu kalt und ich habe keinen Badeanzug dabei. Aber ich liebe diesen Hut. Er hat meiner Mutter gehört.

NAH auf Lamar.

MIRABELLE
Es war ihr Hut. Sie hat ihn mir geschenkt, kurz bevor sie gestorben ist.

ERZÄHLERIN *(off)*
Lamar wusste nur zu gut, welche Bedeutung das Geschenk einer Mutter haben konnte.

Lamar schaut Mirabelle intensiv an.

MIRABELLE
Am Hut stecken drei goldene Mirabellenblüten, die sie extra für mich genäht hat. Weil ich Mirabelle heiße.

ERZÄHLERIN *(off)*
Lamar fand, dass der Name gut zu ihr passte. Ihre rotgoldenen Haare, die hübschen Sommersprossen und die helle, samtweiche Haut erinnerte ihn tatsächlich an eine saftige, süße Mirabelle. Er hatte noch nie eine so schöne Frau gesehen.

Lamar schaut Mirabelle weiter an. Sein Blick macht sie unruhig. Sie weicht noch einen Schritt zurück.

ERZÄHLERIN *(off)*
Tatsächlich war Mirabelle mit solcher Schönheit gesegnet, dass selbst die Sonne die dunkelsten Sturmwolken vom Himmel vertrieb, um einen Blick auf sie zu erhaschen. Doch nur wenige Menschen erkannten, dass Mirabelle außerdem einen hellen Kopf besaß.

MIRABELLE
Könntest du mir meinen Hut holen? Ich kann ihn von hier aus sehen. Ich bezahle dich auch für deine Mühe.

Annabelle und Isabelle sind immer noch ein ganzes Stück von Mirabelle entfernt.

ANNABELLE
(ruft)
Belästigt dich dieser Frosch, Schwester?

LAMAR
(zu Mirabelle)
Mich bezahlen?

ERZÄHLERIN *(off)*
Dazu muss man wissen, dass Mirabelle sehr wohlhabend aufgewachsen war. Ihr Vater besaß einen

großen Konzern für Tiefseebergbau. Lamar arbeitete sogar für eines seiner Unternehmen.

MIRABELLE
Ja. Ich kann dir Geld geben.

LAMAR
Das wird nicht nötig sein.

MIRABELLE
Dann vielleicht eine Jahreskarte für ein Fitnessstudio?

Lamar schweigt, denn das Angebot von Mirabelle irritiert ihn.

Mirabelle wirkt immer entnervter. Ihre Schwestern stehen nun neben ihr.

MIRABELLE
Was kann ich dir dann geben, damit du mir meinen Hut holst?

LAMAR
Ich möchte nichts anderes von dir, als dass du mich als das betrachtest, was ich bin. Ein Mann.

MIRABELLE

(entsetzt)

Ein Mann?

ANNABELLE

Er will, dass du ihn küsst, Schwesterherz.

ISABELLE

Ja! Ein Kuss!

LAMAR

Ein Kuss? Nein, das habe ich nicht gemeint.

ERZÄHLERIN *(off)*

Lamar hatte keineswegs die Absicht, eine Frau zu küssen, die so offensichtlich nicht von ihm geküsst werden wollte. Doch in diesem Moment fuhr eine Windböe über den Strand und hinaus aufs Meer. Mirabelle schaute zum Wasser und sah, wie der Hut in die Luft gehoben und dann von einer Welle gepackt wurde. Ihr kamen erneut die Tränen.

MIRABELLE

Mein Hut! Der Hut meiner Mutter! Er ist fort!

(zu ihren Schwestern)

Ich hasse euch!

(zu Lamar)

Also gut, Froschmann. Ich gebe dir einen Kuss, versprochen. Wenn du mir meinen Hut holst, dann werde ich dich küssen.

Annabelle und Isabelle schütten sich aus vor Lachen. Lamar zuckt die Schultern – Frauen werden ihm immer ein Rätsel sein.

LAMAR
Ich hole dir deinen Hut, kein Problem.

Lamar springt in die Wellen.

20. AUSSEN TAG MEER

Unter Wasser aktiviert Lamar seine Augenbeleuchtung, um den Hut zu finden ... Und da ist er, ein hübscher Hut mit drei goldenen Mirabellenblüten. Er packt ihn und schwimmt damit zurück zum Ufer.

21. AUSSEN TAG STRAND

Lamar taucht auf und geht mit dem tropfnassen Hut in der Hand zu den drei Frauen. Mirabelle ist außer sich vor Glück. Sie reißt Lamar den Hut aus der Hand, küsst die Mirabellenblüten und presst ihn an ihre Brust.

Isabelle packt ihre Hand und zieht Mirabelle fort. Die Mädchen kichern.

ISABELLE
Komm, lass uns gehen! Es ist schon spät!

ANNABELLE
(zu Mirabelle)
Warte! Vergiss nicht, was du ihm versprochen hast, Schwesterherz: einen Kuss.

Mirabelle schaudert bei dem Gedanken, Lamar zu küssen. Zu ihren Schwestern sagt sie:

MIRABELLE
Das war eure dumme Idee! Nicht meine!

ANNABELLE UND ISABELLE
Küss den Froschmann! Küss den Froschmann!

Mirabelle schüttelt den Kopf und rennt davon, während sie den Hut fest an sich drückt. Ihre Schwestern laufen lachend hinter ihr her. Lamar schaut ihnen nach und schüttelt den Kopf. Frauen!

Auch Lamar macht sich auf den Weg. Nach ein paar Metern tritt er auf etwas Hartes. Er schaut zu Boden. Es sind die

Mirabellenblüten vom Hut. Sie müssen abgefallen sein. Er nimmt sie und steckt sie in seine Werkzeugtasche.

22. AUSSEN DÄMMERUNG HERRENHAUS

Die Sonne geht hinter einer großen, gut gepflegten Villa aus dem späten 20. Jahrhundert unter. Um das Haus stehen Bäume in voller Herbstpracht. Lamar, in Freizeitkleidung und Stiefeln, öffnet das Gartentor und geht auf das Haus zu.

Nach ein paar Schritten bleibt er stehen. Seine Glupschaugen ziehen sich in ihre Höhle zurück. Nun sieht er beinahe normal aus.

23. INNEN DÄMMERUNG ESSZIMMER

Annabelle, Isabelle und Mirabelle sitzen mit ihrem **VATER** am Esstisch und essen zu Abend. Annabelle und Isabelle unterhalten sich fröhlich. Mirabelle stochert schweigend in ihrem Essen.

VATER
Du wirkst so niedergeschlagen, Mirabelle.

ANNABELLE
Sie hat den Blütenschmuck verloren, der an ihrem Hut war.

ISABELLE
Den Schmuck, den Mutter extra für sie gemacht hat.

MIRABELLE
Er muss mir am Strand abgefallen sein. Ich habe überall danach gesucht, Vater, aber er ist weg. Morgen suche ich weiter.

Ein **ANDROID** kommt herein.

ANDROID
(mit Roboterstimme)
Ein-Besucher-ist-an-der-Tür. Ein-Mr.-Lamar-Patrice.

VATER
Lamar Patrice?
(zu seinen Töchtern)
Das ist mein bester Taucher. Was er wohl will?

ANNABELLE
Ich wette, er will zu Mirabelle!

MIRABELLE

(zu Annabelle)

Sei still!

VATER

Zu Mirabelle? Wieso denn zu Mirabelle?

ISABELLE

Sie hat ihm einen Kuss versprochen!

VATER

Was?

(zum Androiden)

Bitte führ Mr. Patrice in den Salon.

Der Android verlässt das Zimmer. Der Vater wendet sich wieder an Mirabelle.

VATER

Erklärst du mir bitte die Sache mit dem Kuss?

MIRABELLE

Annabelle und Isabelle haben mir am Strand den Hut vom Kopf gerissen und ihn ins Wasser geworfen. Und dann –

ANNABELLE

Der Wind hat ihn fortgeweht!

MIRABELLE

Gar nicht, du lügst! – Und ich konnte ohne Badeanzug nicht ins Wasser und ihn holen. Und dann kam dieser Froschmann und sagte, er würde ihn mir holen, aber ich müsste ihm versprechen, dass ich ihm einen Kuss dafür gebe.

ISABELLE

Stimmt ja gar nicht! Du lügst! Das war deine Idee!

MIRABELLE

Nein, war es nicht! Es war Annabelles Idee, und –

VATER

(zu Mirabelle)

Hast du ihm nun den Kuss versprochen, oder nicht?

MIRABELLE

(beschämt)

Ja. Aber ich hatte keine andere Wahl. Und als er mir den Hut brachte, da brachte ich es einfach nicht über mich.

VATER

Dann gehst du jetzt in den Salon, entschuldigst dich bei ihm und hältst, was du versprochen hast. Wenn er es noch will.

MIRABELLE

Aber Vater, er ist ein Frosch!

VATER

Er ist ein Taucher! Und außerdem ist ein Versprechen mehr als nur ein Versprechen. Es spiegelt unseren Charakter. Ein Kuss aber ist nur ein Kuss. Du wirst es schon überleben.

24. INNEN SONNENUNTERGANG SALON

Der Salon ist mit eleganten Möbeln aus dem späten 21. Jahrhundert eingerichtet. Lamar steht am Fenster und schaut hinaus in den Sonnenuntergang. Die Sonne selbst ist von zarten Wolken bedeckt, und der Himmel leuchtet rosa-rot-orange.

Die Tür geht auf, und Mirabelle kommt herein. Sie ist äußerst verstimmt.

MIRABELLE
Ich nehme an, du bist gekommen, um dir den Kuss abzuholen!

Sie knallt die Tür hinter sich zu, und Lamar dreht sich zu ihr um. Er betrachtet sie aufmerksam.

ERZÄHLERIN *(off)*
Lamars Blick ärgerte Mirabelle. Wie konnte er es wagen, sie mit solch unverschämter Offenheit anzusehen? Sie wurde so wütend, dass sie den plötzlichen Drang verspürte, ihn an die Wand zu werfen und zuzusehen, wie das Leben aus ihm heraustropfte.

LAMAR
Ich bin nicht wegen des Kusses hier.

ERZÄHLERIN *(off)*
Mirabelle würde nie begreifen, warum sie den jungen Mann in diesem Moment auf einmal – und zum ersten Mal – völlig vorurteilsfrei wahrnahm. Vielleicht war es die Aufrichtigkeit in seiner Stimme? Oder war es die Gelassenheit, mit der er sich zu ihr umdrehte? Oder vielleicht lag es daran, wie sein Blick den ihren traf und festhielt, als er mit ihr sprach. Was immer es auch war, seine Worte

schwebten noch im Raum: *Ich bin nicht wegen des Kusses hier.*

MIRABELLE
Wenn das nicht, was ist dann dein Anliegen?

In diesem Moment bricht die Abendsonne durch den Wolkenschleier und taucht Lamar in goldenes Licht.

Mirabelle hält den Atem an.

ERZÄHLERIN *(off)*
Die Abendsonne, die gern einen Blick auf Mirabelle erhaschen wollte, brach just in diesem Moment durch die Wolken und tauchte Lamar in ein goldenes, ja königliches Licht.

Vor unseren Augen wandelt sich Mirabelles Irritation in Staunen.

ERZÄHLERIN *(off)*
Vor Mirabelle stand der schönste junge Mann, den sie je gesehen hatte. Lamars Froschaugen waren groß, ja, aber sie strahlten Klugheit und Charakter aus. Ihr kam sogar der Gedanke, dass *sie* diejenige war, die hässlich war, nicht er. *Sie* war hässlich – in ihrem Innern.

Lamar macht einen Schritt auf Mirabelle zu. Sie will zurückweichen, zögert aber. Er macht noch einen Schritt, und sie senkt den Blick.

ERZÄHLERIN *(off)*
Mirabelle schaute auf die Füße des jungen Mannes. Ja, Lamars Füße waren groß. Dagegen konnte er schlecht etwas ausrichten. Aber es sprach auch viel für große Füße. Mit ihnen konnte er besser sein Gleichgewicht halten, und sie unterstützten seinen großen, athletischen Körper. Obendrauf befähigten sie Lamar dazu, schnell und agil zu schwimmen. Mirabelle, etwas atemlos vor Aufregung, wiederholte ihre Frage.

MIRABELLE
Wenn du nicht wegen des Kusses gekommen bist, was verdanke ich dann deinen Besuch?

Lamar greift in seine Jackentasche. In seiner geöffneten Hand liegt nun der goldene Blütenschmuck.

Mirabelle keucht leise auf.

ERZÄHLERIN *(off)*
Der Anblick des hübschen Mirabellenblütenschmucks, den ihre Mutter mit so viel Liebe ange-

fertigt hatte, löste etwas in Mirabelle aus. All ihre Sprödigkeit schien auf einmal zu verfliegen.

Lamars Hand zittert fast unmerklich.

ERZÄHLERIN *(off)*
Mirabelle sah, wie Lamars Hand zitterte, und sie fragte sich, ob ihr heftiges Herzklopfen dieselbe Ursache haben konnte wie das Zittern seiner Hand.

Mirabelle hebt das Gesicht zu Lamar. Die beiden sehen sich an.

MIRABELLE
Du hast es gefunden?

LAMAR
Am Strand.

MIRABELLE
Das ist freundlich von dir ... Und ich war so furchtbar unfreundlich zu dir. Verzeih mir. Ich verstehe selbst nicht, warum ich so grausam zu dir war.

LAMAR
Ich verzeihe dir.

Sie macht einen Schritt auf Lamar zu.

Er streckt die Hand mit dem Blumenschmuck aus, damit sie ihn nehmen kann. Ihre Finger streifen sanft über seine Hand, als sie den Schmuck nimmt und ihn in ihre Tasche steckt.

NAH auf Mirabelle. Ihr Gesicht sagt alles.

> **ERZÄHLERIN** *(off)*
> Ihre reuevollen Worte erstaunten den jungen Lamar. Doch mehr als ihre Worte war es das Lächeln auf ihren Lippen – ein Lächeln, das er durch seine Adern fließen spürte. Und dann verstand er: Mirabelle sah ihn an, wie eine Frau einen *Mann* ansieht.

Lamar macht einen Schritt auf Mirabelle zu. Er schaut auf ihr Gesicht herab, sie schaut zu ihm hinauf.

Und dann küssen sie sich.

25. AUSSEN TAG UNTERWASSER-WALD

Einige Jahre später. Wie in Szene 1 befinden wir uns in einem magischen Wald unter der Meeresoberfläche. Schimmerndes Sonnenlicht erleuchtet die Unterwasserwelt.

ERZÄHLERIN *(off)*
Am nächsten Tag kaufte sich Mirabelle eine moderne Tauchausrüstung und meldete sich für einen Tauchlehrgang an. Sie wollte Lamars zweites Zuhause kennenlernen, dieses Königreich unter der Meeresoberfläche.

Eine dichte Wiese aus Algen und Seegras, lange, breite Halme, goldbraun und grün ... Ein Schwarm von Fischen gleitet vorbei ... Quallen ziehen ihre feurigen Tentakel schwerelos hinter sich her.

Der Meeresboden ist übersät mit Seesternen. Sie warten auf Beute, dort, in dieser weiten und atemberaubend schönen Welt.

Zwei Schatten tauchen in der Ferne auf, schwimmen nebeneinander. Es sind Lamar und seine Mirabelle.

ERZÄHLERIN *(off)*
Für viele Jahre und Jahrzehnte durchstreiften der Froschmann Lamar Patrice und seine große Liebe Mirabelle die Städte, das Meer, die Buchten und Seen entlang der Ostseeküste.

Lamar und Mirabelle kommen der Kamera näher und näher. Und dann erkennen wir, dass sie nicht allein sind.

Drei kleine Tauchende schwimmen hinter ihnen her, tragen ebensolche Tauchausrüstungen wie ihre Mutter. Sie schwimmen an der Kamera vorüber und verschwinden langsam im Unsichtbaren.

ERZÄHLERIN *(off)*
Der Legende nach leben und lieben sich Lamar und Mirabelle dort immer noch. Bei Abenddämmerung im Frühherbst, gerade dann, wenn die Sonne durch den Wolkenhimmel bricht, meint man sie zu sehen, wie sie gemeinsam, händehaltend, im Wasser dahingleiten.

Es wird allgemein angenommen, dass *Homo cyborgus amphibius*, die beliebte Nacherzählung des Grimm'schen Märchens *Der Froschkönig*, seinen Ursprung in der baltischen Kultur des frühen 22. Jahrhunderts hat. Vom Letzten Krieg gezeichnet, vom steigenden Meeresspiegel überflutet und durch den Klimawandel ausgedörrt, befanden sich die baltischen Regionen Europas, die sich vom ehemaligen Kopenhagen im Westen bis zu den Trümmern St. Petersburgs im Osten erstreckten, in den Jahren nach Dark Winter endlich im Wiederaufbau. Die Industrie expandierte so schnell, wie man es seit der Industrialisierung des späten 19. und frühen 20. Jahrhunderts nicht mehr erlebt hatte. Entlang der Küste entstanden Städte, Zentren für den Tiefseebergbau und vor allem für die Offshore-Meereslandwirtschaft, eine lebenswichtige Nahrungsquelle für die wachsende europäische Bevölkerung.

Mit der Entwicklung von Aquakultur und Meeresbergbau kamen auch hochspezialisierte Tauchende, umgangssprachlich «Frösche» genannt, oft aus den südeuropäischen Küstenregionen, in den Norden. Sie waren dafür ausgebildet, unter der Wasseroberfläche als Erntehilfen, Fischende, Bergleute, Forschende, Architektinnen und Handwerkende zu arbeiten.

Die Begriffe «Frosch» oder «Froschmann» stammten scheinbar aus der Zeit des 2. Weltkriegs (1939–1945), meinten aber ursprünglich Kampftauchende. In Englisch war außerdem das Wort «frog» lange Zeit ein diskriminierendes Wort für Französinnen, vielleicht weil man dachte, dass Französinnen gern Froschschenkel als Delikatesse aßen.

Im 21. Jahrhundert waren Tauchausrüstungen zu einer Wissenschaft für sich geworden. Es dauerte manchmal bis zu vier Stunden, um Tauchende mit Schutzanzug, Werkzeugen und genügend Sauerstoff auszustatten, damit sie, je nach Aufgabe, möglichst lange unter Wasser arbeiten konnte. Bald wurden KI-Firmen damit beauftragt, mechanische Elemente zu entwickeln, die die menschlichen Grenzen erweiterten, damit man einfacher, sicherer und zweckmäßiger unter Wasser arbeiten konnten. Vor diesem Hintergrund spielt *Homo cyborgus amphibius*.

Ab 2125 waren Braincasts bei Kindern und Jugendlichen ein beliebtes Mittel, um die für die Bedienung ihrer Brain Buttons erforderlichen Visualisierungs- und Audiationsfähigkeiten zu trainieren und zu üben. Die ersten Brain Buttons oder Chip-Implantate waren, im großen Gegensatz zu unserer heutigen telepathischen Wave-Ripple-Technologie, zwar hinreichend in der Lage, Schallimpulse umzusetzen, doch die Visualisierung war erheblich schwieriger und erforderte ein regelmäßiges, beaufsichtigtes Training. Vielleicht aus diesem Grund nannte man Braincasts oft auch *Brei*casts – wegen ihrer unscharfen, verschwommenen Bilder. Nichtsdestotrotz erfreuten sich Braincasts wie *Homo cyborgus amphibius* jahrzehntelang großer Beliebtheit bei Jung und Alt.

Wir veröffentlichen hier das sogenannte Original-Drehbuch

der Produktion. Dadurch erhält man eine gute Vorstellung davon, wie das Braincast ausgesehen hat. Die visuellen Elemente (Kulissen, Schauplätze, Bewegungsabläufe) wurden mit filmischen Mitteln erstellt und festgehalten. Später konnten die jeweiligen Braincaster aus einem Pool von Filmstars ihre Lieblinge für die verschiedenen Rollen auswählen und gaben eine Sprachpräferenz an – in der Regel Englisch, Spanisch oder Mandarin, aber auch andere Sprachen, je nach dem Schauplatz der Erzählung.

Im Zuge der jüngsten Wiedervereinigung der Urbanite- und Forester-Kulturen ist in vielen Gegenden der Welt das Interesse an Live-Theateraufführungen neu entflammt, welche jahrhundertelang von den «kultivierten» Urbanites als niedere Unterhaltung der Forester betrachtet wurden. Man kann sich *Homo cyborgus amphibius* wunderbar als szenische Lesung vorstellen, vor allem auf längeren Weltraumfahrten oder in Marssiedlungen, wo es keinen Zugang zur telepathischen Wave-Ripple-Technologie gibt. Dramatische Lesungen mögen manchen von euch wie eine primitive Form der Unterhaltung vorkommen. Doch seit Tausenden von Jahren hat das Live-Theater, ebenso wie Bücher, Menschen große Freude bereitet. Es würde mich daher nicht überraschen, wenn *Homo cyborgus amphibius* schon bald seinen Weg in unser modernes TWT-Netz finden würde. Und das ist definitiv etwas, auf das man sich freuen kann!

Geburt einer Influencerin

JoJo on the Go's Reise-Vlog

2.726.538 Aufrufe • 15. Mai 2019

JoJo on the Go √

4,22 Mio. Abonnentinnen

1001 Dank fürs Zuschauen! Super, dass ihr bei meinem Trip in die Vergangenheit mit dabei wart! Ich hoffe, ihr habt euch ein bisschen von meinen coolen Hotel-, Mode- und Reisetipps inspirieren lassen. Ich freue mich über eure Kommentare!

Mehr von meinen Reisevideos seht ihr hier:
https://youtube.com/playlist?=PLy_YqbLiFKormjQKYMOuX7
https://youtube.com/playlist?list=PLE_YqbLiFKormjQKYMOuX7zweP

Für Kooperationsanfragen: joannajoley@gmail.com

Las Vegas Stardome Hotel*Casino: https://lv-stardome-hotel.com

Outfits: mehr zeigen

Folgende Abschrift des oben angebotenen Videos erschien in *Flüstergeschichten meiner großen Schwester* (2252).

Bild: *Las Vegas Strip bei Nacht, viele Neonlichter. Links hinter JoJo erkennen wir den Haupteingang des Las Vegas Stardome Hotel*Casino. JoJo trägt eine Sonnenbrille, Jeans und unter ihrer Lederjacke ein gebrandetes Crop Top.*

JoJo: Hallo allerseits! Ich hoffe, euch geht's gut? Ich freue mich mega, wieder in Las Vegas zu sein, auch bekannt als die Hauptstadt der Neonlichter. Hhmmm … warum heißt die Stadt bloß so? *(lacht)* Das Licht ist der totale Hammer, oder? Hier ist es sogar nachts noch so hell, dass ich eine Sonnenbrille brauche. *(nimmt die Brille kurz ab)* Sorry, wenn ich in die Kamera blinzele. Es blendet! *(lacht)*

Bild: *Die Kamera fährt gegen den Uhrzeigersinn im Kreis und fängt die gesamte Szenerie ein, viele grellbunte Neonschriftzüge und vorbeigehende Zufußgehende.*

JoJo: *(off)* Las Vegas hat sogar noch ein paar andere Spitznamen. Mein absoluter Lieblingsname ist *City of Second Chances*, also Stadt der zweiten Chancen …

Die Kamera landet wieder auf JoJo, rechts neben ihr steht die ebenfalls hübsche Ashley. Sie trinkt einen Smoothie aus einem gebrandeten Plastikbecher.

JoJo: ... und er passt perfekt zu dieser megacoolen, megatollen Stadt mitten in der nevadischen Wüste. Las Ve–

Ashley: *(unterbricht sie)* Moooment, ist das überhaupt ein Wort: nevadisch?

JoJo: Nevadisch? Keine Ahnung. Aber why not? *(beide lachen, dann wieder in die Kamera)* Für alle, die neu auf meinem Vlog sind: Tada! Das hier ist Ashley, meine allerbeste Bestie. Ist das nicht ein super Superlativ?

Ashley: Hi, alle zusammen! Es ist echt toll, hier in Vegas zu sein. *(legt ihren Arm um JoJo)* Und es ist auch toll, JoJos allerbeste Bestie zu sein.

JoJo: *(in die Kamera)* Also, ich sage euch, warum ich den Spitznamen «City of Second Chances» so liebe. Weil er absolut richtig ist! Ich weiß es aus eigener Erfahrung, denn Las Vegas hat mir eine zweite Chance gegeben. Haltet euch fest, Leute! Die krasse Geschichte, die ich euch jetzt erzählen möchte, ist hundertpro wahr. Unglaublich, aber wahr.

Ashley: Omigod! Die Spannung bringt mich noch um!

JoJo: *(geheimnisvoll)* Ich denke, es ist Zeit, euch, die ihr meinem Vlog in den letzten zehn Jahren gefolgt seid und mich von New York über Neapel nach Nepal und überall anderswohin auf dieser megaschönen großen weiten Welt begleitet habt – es ist also Zeit, euch etwas über mein früheres Leben zu erzählen. Etwas, was nur ganz wenige Menschen wissen. Das heutige Video ist also ein ganz besonderes Geburtstagsgeschenk für euch. Habt ihr alle Taschentücher griffbereit? Es wird nämlich ganz schön traurig.

***Bild:** Ein heruntergekommenes, ärmliches Viertel in Arizona. JoJo geht die Straße hinunter. Sie kommt an ein paar spielenden Kindern vorbei und an einer Gruppe von rauchenden Teenagern. Sie bleibt neben einem leeren Grundstück stehen, auf dem einige Kinder Baseball spielen.*

JoJo: Hier bin ich aufgewachsen, Leute: in Phoenix, Arizona. Ja, ich weiß, nicht gerade eine Touristenattraktion, mein alter Kiez. Wir waren richtig, richtig arm. Da stand unser Haus – bevor es abgerissen wurde *(deutet auf das leere Grundstück)*. Mein Vater starb, als ich noch klein war. Meine Mom arbeitete jahrelang in zwei Jobs, aber dann wurde sie krank. Sehr krank. Wir lebten von der Sozialhilfe, es war echt hart. Und dann ist meine Mutter gestorben. Das war kurz nach meinem achtzehnten Geburtstag, und von da an war ich auf mich allein gestellt. Vollwaise! Natürlich konnte ich die Miete nicht bezahlen. Ich hatte also bald kein Dach mehr über dem Kopf oder ein Bett zum Schlafen. Na ja, ein Bett hatte ich schon, aber das stand auf dem Bürgersteig. Ehrlich: Ich hatte buchstäblich nur die Kleider am Leib und ein Salamibrötchen und eine Flasche Wasser, was mir die Mexikanerin vom Lebensmittelladen geschenkt hatte, als ich mich von ihr verabschiedete. Die war immer meganett zu mir.

***Bild:** Eine Wüstenstraße, die bis zum Horizont führt. In der Ferne Wüstensträucher und Berge. Ein Straßenschild mit der Aufschrift: Wickenburg 28, Las Vegas 248, Los Angeles 360.*

JoJo: Also ging ich hinaus in die Wüste, zum Highway 60. Trotz allem glaubte ich fest daran, dass alles gut werden würde. Ich wollte nach Las Vegas trampen, wo eine alte Schulfreundin von meiner Mutter wohnte. Ich dachte, vielleicht finde ich Arbeit als Cocktailkellnerin im Casino oder so. Also stellte ich mich an die Straße und wartete. Und wartete. Es war derbe heiß. Die Sonne brannte mir gnadenlos auf den Kopf! Zum Glück hatte ich einen Strohhut auf. Nach einer Weile sah ich diesen Typen auf mich zukommen. Er war völlig fertig. Ich dachte, er würde gleich direkt vor mir zusammenklappen. Und der Typ sagt zu mir: «Bitte gib mir was zu trinken. Ich sterbe vor Durst. Bitte.» Er tat mir so furchtbar leid. Ich meine, seine Lippen waren total aufgesprungen und er konnte kaum sprechen, so ausgetrocknet war seine Kehle. Also gab ich ihm meine Flasche Wasser. «Gott segne dich», meinte er und verschwand wieder in der Wüste. Irgendwann nahm mich eine Familie im Auto mit. Nach neunzig Minuten Fahrt ließen sie mich an einer Tankstelle raus, bevor sie vom Highway runterfuhren.

Bild: *Eine einsame Tankstelle inmitten der staubigen Wüste, umgeben von drei Meter hohen Kakteen.*

JoJo: Die Tankstelle war geschlossen und niemand war da, bis auf ein kleines Mädchen, das warme Limonade verkaufte. Sie saß direkt da drüben in der Sonne. *(deutet)* Und sie weinte. Total. Ich fragte sie, was los ist. «Die Sonne brennt so auf meinen Kopf», sagte sie. «Ich kriege Kopfschmerzen davon.» Sie tat mir so furchtbar leid, darum schenkte ich ihr meinen Strohhut. Dafür gab sie mir ein Glas warme Limonade, total süß von ihr. Zum Glück kam bald ein Pick-up vorbei, und das Ehepaar ließ mich hinten auf der Ladefläche mitfahren.

Bild: *JoJo sitzt auf der Ladefläche eines Pick-ups, der den Highway 93 in Richtung Norden entlangfährt.*

JoJo: Auf der Ladefläche saß auch ein Junge. Gleich da in der Ecke. *(deutet)* Wir saßen da, unter der brütenden Sonne. Er trug kein T-Shirt und hatte einen richtig schlimmen Sonnenbrand. Er tat mir so furchtbar leid, darum schenkte ich ihm mein Sweatshirt. Ich hatte es mir um die Hüfte gebunden, und jetzt legte ich es ihm vorsichtig über die Schultern. Er war mir unglaublich dankbar. Wir fuhren ziemlich lange, vielleicht drei Stunden. Und dann setzten mich die Eltern des Jungen an einer Bushaltestelle in Boulder City ab.

***Bild:** JoJo sitzt an einer Bushaltestelle in Boulder City. Es herrscht viel Verkehr.*

JoJo: Ich wartete lange auf eine Mitfahrgelegenheit nach Las Vegas. Es waren bloß noch fünfundzwanzig Meilen, aber niemand hielt an. Ich saß also da an der Bushaltestelle und packte mein Salamibrot aus, das mir die Mexikanerin vom Lebensmittelladen geschenkt hatte. Ich hatte es mir aufgespart, doch jetzt hatte ich echt Hunger. Gerade wollte ich reinbeißen, als sich eine Obdachlose neben mich setzte. Sie hatte so einen Einkaufswagen dabei, in dem all ihre Sachen waren. Sie tat mir so furchtbar leid: Sie besaß nichts auf der Welt als diesen Einkaufswagen. Gut, ich besaß auch nicht mehr, aber sie war dazu auch noch alt! Und wie sie mein Salamibrot anstarrte! Also gab ich es ihr. Und dann kam der Bus.

***Bild:** JoJo sitzt in einem vollen Bus.*

JoJo: Im Bus setzte ich mich ganz hinten neben einen alten, kahlköpfigen Mann. Bei der nächsten Haltestelle stieg ein Mädchen in meinem Alter ein. Sie sah ziemlich fertig aus. Vielleicht ein Junkie. Ich merkte, wie sie ihre Hose festhielt. Der Hosenbund war ausgeleiert, und die Hose rutschte ihr ständig runter. Es war ziemlich komisch, aber irgendwie auch wieder nicht. Neben mir auf der anderen Seite des Ganges wurde ein Platz frei, und als das Mädchen hinging, rutschte ihr die Hose auf die Knie. Alle lachten, aber mir tat sie so furchtbar leid. Sie fing an zu weinen. Ich meine, stellt euch vor, euch rutscht mitten im Bus die Hose runter. Na ja, ich trug Leggins unter meinen Shorts, also fragte ich das Mädchen, ob sie meine Shorts haben wollte. Sie konnte ihr Glück kaum fassen. «Ja!», sagte sie. «Ja! Danke!» Ich zog also meine Shorts aus und gab sie ihr. Mittlerweile war es draußen dunkel geworden, und ich dachte, es würde niemand merken, dass ich keine Shorts trug. Mein T-Shirt war außerdem so lang, dass man es gut mit Leggins tragen konnte. Keine große Sache, stimmt's? Und dann fuhren wir endlich auf den Las Vegas Strip ein.

Bild: *Eine Imbissbude auf dem Las Vegas Strip. Viele Zufußgehende. JoJo isst einen Hotdog.*

JoJo: Mittlerweile hatte ich einen Riesendurst. *(deutet)* Ich sah diese Hotdogbude hier und wollte Wasser kaufen. Ich suchte in meinem Rucksack nach meinem Portemonnaie, aber es war weg. Vermutlich hatte der alte, kahlköpfige Mann neben mir im Bus das Geld mehr gebraucht als ich. Jetzt besaß ich also wirklich gar nichts mehr. Zero. Null. Nada. Ich hatte auch kein Handy. Noch nicht einmal fünfzig Cent, um die Freundin meiner Mutter aus einer Telefonzelle anzurufen. Und dazu war ich noch total ausgetrocknet. Dann fiel mir ein, dass es in öffentlichen Toiletten oft Wasserspender gibt. Und die Toiletten in den Hotels sind öffentlich! Also marschierte ich in das erste Hotel hinein. Es war das Las Vegas Stardome Hotel*Casino.

Bild: *Wieder das erste Bild vom Las Vegas Strip bei Nacht mit Neonlichtern. Hinter JoJo sehen wir den Haupteingang zum Las Vegas Stardome Hotel***Casino. Ashley steht neben JoJo und trinkt ihren Smoothie.*

Ashley: Du bist also einfach hier reinspaziert?

JoJo: Genau so. Ich bin einfach ins Las Vegas Stardome rein, und das nur in Leggins und T-Shirt und mit einem kleinen Rucksack auf dem Rücken. Ich hatte ja keine Ahnung, dass es das absolut großartigste Themenhotel der Welt ist!

Ashley: Echt jetzt?

JoJo: *(in die Kamera)* Es ist wirklich ein megaschönes Hotel. Wir zeigen es euch – falls ihr auch mal herkommen wollt, was ich euch wirklich, wirklich empfehle, denn es ist einfach ein Traum.

Bild: *JoJo und Ashley betreten das Stardome Hotel und gehen durch das Casino. Es ist sehr laut. Menschen rufen und lachen, Maschinen piepen, man hört das Geräusch von Münzen, die in die Ausgabefächer der Spielautomaten fallen. Die beiden bleiben vor einem Schild stehen, das zum Planetarium weist.*

JoJo: Hier im Hotel dreht sich alles um das Thema Sterne, das All, Planeten, Astronomie. Es gibt sogar ein Planetarium mit einer mega 3D-Show: *Jenseits der Milchstraße*. Und sie haben eine geniale Schwerelosigkeits-Kammer! Die ist allerdings mehrere Wochen, sogar Monate im Voraus ausgebucht. Was noch? Es gibt einen Kinderbereich, der «Twinkle, Twinkle, Little Star» heißt. Ist das nicht süß?

Ashley: Total!

JoJo: Im Las Vegas Stardome Hotel*Casino gibt es auch ein Science-Fiction-Kino mit täglich wechselndem Programm. Die haben alles: *Star Wars*, *Star Trek*, *Gravity*, *Alien*, *E.T.*, *Der Marsianer* – was man nur will.

Ashley: *2001: Odyssee im Weltraum*?

JoJo: Halloo? Na logisch! Und die Restaurants und Coffee Shops haben auch alle ein Sterne-Thema. Mein Lieblingsladen heißt «Café Terrace» *(deutet)*, da hinten in der Einkaufspassage. Es sieht genauso aus wie das französische Café auf van Goghs Bild «Caféterrasse bei Nacht». Ihr kennt doch dieses Bild mit dem gelben Café und dem Nachthimmel voller Sterne darüber? Und innendrin ist es wie das Bild «Sternennacht» von van Gogh tapeziert. Soo hübsch. Außerdem kriegt man dort den göttlichsten Kaffee! «Coffee to Gogh!» *(beide lachen)*

Ashley: Der Infinitypool im Hotel hat mir megagut gefallen.

JoJo: Ja, die Poollandschaft ist der absolute Hammer. Es sieht alles aus wie auf dem Mars, dem roten Planeten, mit diesem terracottafarbenen Asphalt! Die Sonnenschirme sehen aus wie kleine Marskrater, und die Abfallbehälter wie Mars-Rover. So witzig! Und die Kellner und Kellnerinnen tragen Uniformen wie kleine grüne Marsmenschen.

***Bild:** Sie kommen zur AstroBar. Auf dem Tresen warten bereits zwei Cocktails auf sie. Sie nehmen beide einen Schluck von ihrem Getränk. Begeistertes Oh und Ah, dann probieren sie vom jeweils anderen. «Oh, lecker!», «Oh, göttlich!» usw.*

JoJo: Und schaut mal! An der Bar gibt es Astronautennahrung statt Erdnüssen *(beide kichern)*. So cool! By the way: Mein Cocktail heißt Blutmond.

Ashley: Und meiner heißt Sonnenaufgang im All.

JoJo: Aber jetzt wieder zurück zu meiner Geschichte. Wir springen noch einmal zehn Jahre zurück.

***Bild:** JoJo geht (mit ihrem Cocktail) zu einem Wasserspender in der Nähe der Damentoilette.*

JoJo: Tadaa! Das hier ist also der Wasserspender, wo ich vor zehn Jahren endlich meinen Durst löschen konnte. Ich beugte mich rüber, drückte auf den Knopf, hielt meinen Mund in den Wasserstrahl und schlürfte das Wasser. Und genau hier auf dem Boden, direkt vor mir, sah ich einen Vierteldollar liegen. Eine einzige Münze lachte mich an. Und ich nahm sie.

Bild: *JoJo und Ashley gehen an einer langen Reihe von Spielautomaten entlang.*

JoJo: Ihr erinnert euch: Ich hatte absolut nichts mehr, außer den Kleidern am Leib, okay? Ich hatte alles verschenkt. Ich war Vollwaise. Ich hatte nichts mehr zu essen, kein Bett zum Schlafen und absolut kein Geld außer dieser einen kleinen Münze, die ich gerade gefunden hatte.

Ashley: Ein Vierteldollar ist ja auch nichts!

JoJo: Du vergisst etwas: Ich besaß Vertrauen! Tief in meinem Herzen vertraute ich darauf, dass alles gut werden würde. *(bleibt neben einem Automaten stehen)* Und dann sah ich diesen Poker-Spielautomaten. Er heißt Lucky Phoenix und darauf ist das Sternbild des Phönix zu sehen. Könnt ihr es erkennen? Irgendwie hat es mich angesprochen, weil ich ja aus Phoenix komme und so. Und ein Phönix ist ein mythologischer Vogel, der aus der Asche emporsteigt. Zweite

Chancen – wisst ihr noch? Also setzte ich den Vierteldollar. Und gewann zwei. Dann setzte ich die beiden Münzen. Und gewann vier. Ich setzte alle vier und gewann zwölf Vierteldollar! Plötzlich besaß ich ganze drei Dollar. Eine Glückssträhne!

Ashley: Ich glaube, ich ahne, worauf das hinausläuft.

JoJo: *(in die Kamera)* Genau! Ich setzte fünf von den zwölf Vierteldollar, der höchste Wetteinsatz … und unglaublich, aber wahr: Ich bekam einen Royal Flush! Viertausend Münzen!

Ashley: Einen Royal Flush? Niemals! Du hast tausend Dollar gewonnen?

JoJo: 1001,75 Dollar, um genau zu sein. Ich hatte ja immer noch sieben Vierteldollar von den zwölf davor.

***Bild:** Am Ende der langen Reihe von Spielautomaten gewinnt eine Frau gerade fünfhundert Münzen. Sie kreischt und hüpft auf und ab. Die herabfallenden Münzen machen einen Heidenlärm.*

JoJo: Viertausend Münzen! Es war der Wahnsinn! Und so laut! Könnt ihr euch vorstellen, wie laut viertausend Münzen sind, wenn sie in das Ausgabefach regnen? *(deutet auf die gerade auszahlende Maschine)* Es ist noch viel lauter. Und bei jeder Münze leuchtete eine Sternschnuppe auf dem Phoenix-

Display auf, bis das Display am Ende mit Tausenden und Abertausenden von Sternen übersät war! Die Münzen stapelten sich, irgendwann war das Fach voll, und die Münzen schoben sich über den Rand und fielen mir in den Schoß. Ich zog mein T-Shirt nach vorn und fing die Münzen damit auf. Und dabei schrie ich: «Ich fasse es nicht! Ich fasse es einfach nicht!»

Ashley: Voll das Wunder!

JoJo: Wie im Märchen! Ehrlich. Hast du eine Ahnung, wie wahrscheinlich es ist, einen Royal Flush zu kriegen? Die Chancen sind eins zu 649 739.

Bild: *JoJo und Ashley gehen in der Shoppingpassage am Café Terrace vorbei. Sie bleiben vor einer Boutique stehen.*

JoJo: Als Erstes kaufte ich mir etwas zu essen in van Goghs Café. Und dann kaufte ich mir in diesem Shop hier ein Kleid. *(deutet)* Ein Kleid aus feinstem Leinenstoff. Und dann rief ich die Freundin meiner Mutter an. Sie war sooooo nett zu mir! Sie ließ mich auf ihrem Sofa schlafen, bis ich eine eigene Wohnung gefunden hatte. Ich arbeitete erst als Kellnerin in einem Coffee Shop (in einer Bar oder im Casino muss man schon einundzwanzig sein), aber vor allem wollte ich reisen.

Bild: *Planetarium im Stardome Hotel*Casino. JoJo und Ashley sitzen in Sesseln, dazwischen ein Cocktailtischchen. Ashley trägt eine 3D-Brille und schaut hinauf zu den Sternen.*

JoJo: Das Reisen wurde meine Leidenschaft. Und es begann genau hier, in diesem Sessel. Ich schaute zu den Sternen im Stardome Planetarium hinauf. Das Universum war einfach so unfassbar schön. Aber es ging mir durch den Kopf, dass ich nicht mal unseren eigenen Planeten kannte, unsere eigene einzigartige und megaschöne Erde. Da wusste ich, ich wollte nichts anderes machen, als unseren Planeten zu erkunden. Ich wollte jedes Land auf der Welt sehen. Ich wollte andere Gebräuche kennenlernen, andere Traditionen, anderes Essen und ...

Ashley: ... vor allem andere Cocktails! *(beide lachen und nehmen dann einen Schluck von ihrem Cocktail)*

JoJo: Und so wurde ich Reise-Vloggerin. Es begann alles hier im Las Vegas Stardome Hotel*Casino, einem ganz besonderen Ort, an dem alles passieren kann.

Bild: *JoJo und Ashley steigen aus einem Fahrstuhl und gehen zu ihrer Suite.*

JoJo: So, Leute, das war's für heute. Es hat mir wirklich megaviel Spaß gemacht, euch von diesem Kapitel in meinem Leben zu erzählen, und ich hoffe sehr, euch hat das Video gefallen. Es waren tolle zehn Jahre – dank euch! Wenn ihr mehr von meinen Videos sehen wollt, klickt auf den Link unten. Und schreibt mir unten in die Kommentare eure Gedanken zum Video. Macht's gut, und bis nächste Woche! Happy traveling! Eure JoJo on the Go!

Dieses Kleinod, die erfrischende Nacherzählung des Grimm'-schen Märchens *Sterntaler*, fanden wir in Hahj Lii-Roonies beeindruckendem Werk *Flüstergeschichten meiner großen Schwester*. Die Abschrift des Video-Blogs (Vlog) überdauerte die Jahrhunderte genauso wie das Video selbst, obgleich die Bildqualität etwas körnig ist. Man kann es sich für eine geringe Gebühr über das Archiv der Library of Congress ansehen.

Im ursprünglichen Märchen der Grimms schenkt ein liebes Waisenmädchen all seinen Besitz fort, auch sein letztes Stück Brot und all seine Kleidungsstücke. Am Ende steht es nackt mitten im Wald, doch als Belohnung für seine Gutherzigkeit verwandeln sich die Sterne am Nachthimmel in Münzen und fallen ihm in den Schoß.

Es ist unklar, ob diese Variation des Grimm'schen Märchens eine bewusste Parodie der Vloggerin Joanna Joley (JoJo on the Go) gewesen ist, oder ob ihre Geschichte tatsächlich so verlaufen ist und nur zufällig auffällig viele Ähnlichkeiten mit dem Märchen aufweist. Wir neigen zu der Annahme, dass es sich um eine Mischung aus beidem handelt.

Selbst wenn JoJo nicht beabsichtigt haben sollte, das Märchen der Grimms nachzuerzählen (was wir jedoch nicht annehmen), waren Märchen bis 2019, als das Video produziert wurde, zu einem integralen Bestandteil der modernen Kultur geworden. Neuerzählungen in Form von Parodien gab es viele, insbesondere wenn es sich um Erfolgsgeschichten handelte, den klassischen Aufstieg der Tellerwäscherin zur Millionärin, welche dann mit der für Influencerinnen typischen Überschwänglichkeit erzählt wurden.

Es ist wichtig zu wissen, dass JoJo on the Go eine Influencerin war. Einigen von euch mag diese Bedeutung des Wortes unbekannt sein. In den ersten drei Jahrzehnten des 21. Jahrhunderts regierten Influencerinnen die Welt der sozialen Medien. Sie hießen so, weil sie durch regelmäßige Social Network Postings tatsächlich die Kaufentscheidungen ihrer Followerinnen beeinflussen (= influence) konnten. In JoJos Fall drehte sich alles um die Reiseindustrie, ein Gebiet, in dem sie sich über die Dauer von zehn Jahren (eine beachtlich lange Karriere im Influencerinnengeschäft) Wissen und Expertise aneignen konnte. Wenn sie zum Beispiel ein Hotel oder eine besondere Touristenattraktion gut bewertete, wenn sie die Sonnenbrille eines bestimmten Designers trug oder ihr T-Shirt mit dem Namen einer Designerin bedruckt war, konnten die Firmen mit steigenden Absätzen rechnen. Sie bezahlten Influencerinnen sogar dafür, dass sie ihre Produkte trugen und in ihren Videos ihre Hotels besuchten. In den meisten Fällen eine gute Investition. Für die Influencerinnen war es auch oft, wenn auch nicht immer, ein lukratives Geschäft.

JoJos übertriebene Verwendung von Superlativen oder positiven, umgangssprachlichen Adjektiven und Adverbien (meine allerbeste Bestie, fantastisch, mega, krass) deuten auf eine Parodie hin. Andererseits war dies eben genau die Sprache der Influencerinnen, wenn sie ihren jüngeren Followerinnen (in JoJos Fall Achtzehn- bis Vierzigjährige) Produkte verkaufen wollten.

JoJo on the Go erklärt nicht offen, dass sie vom Las Vegas Stardome Hotel*Casino gesponsert wurde. Wir nehmen jedoch an, dass das Hotel sie finanziell unterstützte, denn dessen Website findet sich im Informationsanhang. Das Gleiche betrifft vermutlich auch ihre Kleidung, die sie unter «Outfits» auflistet, die jedoch leider unter dem «Mehr zeigen»-Link verborgen und nicht protokolliert waren. Wie wir allerdings oben sehen können, hatte JoJo im Jahre 2019 über 4,2 Millionen Followerinnen – eine beeindruckende Zahl, sodass Sponsorinnen so gut wie sicher waren.

Nichtsdestotrotz nehmen wir an, dass JoJos Geschichte zumindest in Teilen authentisch ist. Wie unsere Nachforschungen ergaben, wurde sie tatsächlich im April 1991 in Phoenix, Arizona, geboren und kam nach dem Tod ihrer Mutter im Juli 2009 mit achtzehn Jahren als Vollwaise nach Las Vegas. Das Las Vegas Stardome Hotel*Casino eröffnete jedoch erst im Herbst 2009, sodass die junge Frau ihren Durst nicht in diesem Hotel hätte löschen können. Dies führt uns zu der Annahme, dass die Wahl des Hotels für ihren Videobeitrag am 15. Mai 2019 zum zehnjährigen Bestehen ihres Reisevlogs eine bewusste Entscheidung war – vermutlich weil sie Geld oder zumindest Spesen dafür bekam, dass sie das Hotel bewarb. Vor diesem Hintergrund ist es also möglich, dass sie das Grimm'sche Märchen *Sterntaler* bewusst als Grundgerüst für ihren Vlog wählte, weil es thematisch so gut zu diesem Hotel passte.

Wir werden es niemals wirklich wissen. Doch eine Sache ist sicher: Auch wenn JoJo on the Go nicht von Jacob und Wilhelm Grimm gesponsert wurde, kannte sie das Märchen *Sterntaler* gut und setzte es, wie sie es vielleicht selbst ausgedrückt hätte, mit absolut megabrillanter Spitzenkreativität superfantastisch ein.

ÜBER DIE AUTORIN

Hailey Layne-Arlens, geboren 2243, wuchs in einer großen Urbanite-Forester-Familie von Erzählenden in Hofgeismar-am-Waldrand in der euro-deutschen Provinz auf. «Es ist nicht schwer zu verstehen, warum ich das Sammeln und Kuratieren von Märchen zu meinem Lebenswerk erkor», schrieb sie einmal. «Generationen meiner Familie haben inmitten der Schönheit und des Reichtums des mythischen Reinhardswalds gelebt. Hier haben so viele der Grimm'schen Märchen ihren Ursprung, und hier befindet sich das uralte Schloss Sababurg, im Volksmund auch Dornröschenschloss genannt.»

Über hundert Jahre lang unterrichtete Layne-Arlens Märchen und volkstümliche Geschichten in Schulen und Universitäten auf der ganzen Welt sowie exo-Erde, u.a. auf dem Mars und anderen interplanetarischen Kolonien. Sie schrieb wegweisende Werke über den Ursprung des Erzählens, ist jedoch am bekanntesten für ihre beliebte Märchensammlung *Tief im Herzen der Wälder*. Dieser Band mit modernen, von ihr selbst verfassten Märchen brachte Layne-Arlens viel Anerkennung, darunter auch den begehrten Doyenne Award im Jahre 2334.

Im Jahr 2386, im Alter von hundertdreiundvierzig Jahren, starb Hailey Layne-Arlens und wurde auf dem Neuen Friedhof von Schloss Sababurg beigesetzt. Ihre Erinnerungen sind sorgfältig gespeichert worden und können für Simulationen hochgeladen werden.

ÜBER DIE *ANDERE* AUTORIN

Copyright © Heike Barndt

Holly-Jane Rahlens kam Anfang der 70er-Jahre aus ihrer Heimatstadt New York nach Berlin. Mit Funkerzählungen, Hörspielen und Solo-Bühnenshows machte sie sich dort in den 80ern und 90ern einen Namen. Außerdem arbeitete sie als Journalistin, Radiomoderatorin und Fernsehautorin, bis sie sich ganz dem Schreiben widmete.

ABBILDUNGSNACHWEIS

Die Illustrationen zu diesem Buch entstanden aus einem Wettbewerb mit Studentinnen deutscher Kunsthochschulen.

Simone Goder, HAW Hamburg
Illustration zu *Die Schlafende und der Jüngling*, S. 12

Jolanda Zürcher, Hochschule für Grafik und Buchkunst Leipzig
Illustration zu *Auszug aus dem Tagebuch von Bella Louise Hazelworth alias Cyberbella*, S. 40

Julia Plath, HAW Hamburg
Cover und Illustration zu *Novella*, S. 68

Minh Thi Pham, FH Münster
Illustration zu *Lucky Hansi*, S. 102

Finja Bauerschmidt, HAW Hamburg
Illustration zu *Der Wolf im Wald*, S. 112

Josefine Taape, HAW Hamburg
Illustration zu *Der Fluch der Grimms*, S. 130

Luise Mirdita, HAW Hamburg
Illustration zu *Der Spuk im Bed & Breakfast,* S. 150

Lena Winkel, HAW Hamburg
Illustration zu *Susies süße Smoothies*, S. 176

Annika Rogg, HAW Hamburg
Illustration zu *Homo cyborgus amphibius*, S. 182

Mia Löb, HAW Hamburg
Illustration zu *Geburt einer Influencerin*, S. 230

Leseprobe

HOLLY-JANE RAHLENS

Everlasting

DER MANN, DER AUS DER ZEIT FIEL –
EIN ROMAN

∞

Rowohlt Taschenbuch Verlag

1 • Die Insel

Finn setzte den Moon Zoomer auf und schaute in den tiefen Nachthimmel. Zwischen den schwach glitzernden Sternen konnte er einen Space-Racer ausmachen, der Geologen zum Mars brachte. Oder waren sie auf dem Weg nach Hause? Aus dieser Entfernung war das schwer zu erkennen. Oh! – die Scheinwerfer des Racers blinkten grün. Vielleicht ein Grußsignal für den Sonnenkreuzer weiter rechts, voll besetzt mit Bungee-Jumpern, vermutete Finn. Er mochte sie nicht, diese Sprünge in die Schwerelosigkeit, diese Suche nach dem ultimativen kosmischen Kick.

Sehr viel tiefer schwebte der Elf-Uhr-Citygleiter. Er flog eine geräuschlose Schleife landeinwärts und segelte über Finn hinweg, ehe er hinter ihm, auf der anderen Seite der Bucht, sanft auf dem Long Island Metroport landete.

Und das Meer rauschte weiter. Die Wellen rollten heran. Und wieder hinaus. Vor und zurück. Das Wasser stieg. Und fiel.

Die Luft war noch bleiern von der Hitze des Tages, von Salz, Gischt und dem Duft von Jasmin im Nachbarsgarten. Finn glaubte, glatt einschlafen zu können, gleich hier am Strand, unter den Sternen – so müde war er. Aber dann huschte ihm ein Krebs über den nackten Fuß. Und dann noch einer. Irgendwas musste sie aufgeschreckt haben. Finn hörte, wie sich leise Schritte näherten. Das Rascheln von Stoff. Er drehte sich um ... und da stand Rouge.

«Oh!», keuchte sie erschrocken, doch dann lachte sie auf. «Finn! Was in aller Welt trägst du da im Gesicht? Das sieht ja gespenstisch aus!»

Finn stand auf und zog sich den Moon Zoomer vom Kopf. «Entschuldigung. Dein Besuch kommt etwas überraschend.»

Rouge ließ ihre Sandalen in den Sand fallen. Sie begrüßten sich mit Wangenküssen rechts, links und wieder rechts. Aber irgendwie herrschte eine gewisse Verlegenheit zwischen ihnen. Finn mochte keine Überraschungen, nicht einmal so hinreißende wie Rouge Marie Moreau, so elegant, so schön, eine langstielige Rose auf diesem verlassenen Streifen Strand von Fire Island.

«Ist nicht leicht, dich zu finden», sagte sie und strich sich Haarsträhnen aus den Augen. Ah, diese Augen! Stahlgrün und scharf. «Stimmt was nicht mit deinem Brain Button?» Im Mondlicht schimmerten ihre Locken metallisch, metallisch rot, wie Kupfer.

Finn schüttelte den Kopf. «Nein. Der ist abgeschaltet. Alles ist für ein paar Tage abgeschaltet.»

«Alles?», fragte sie.

Er nahm einen feinen, verführerischen Unterton in ihrer Stimme wahr. Sie waren einmal ein Paar gewesen. Die Affäre war schon nach kurzer Zeit wieder zu Ende gewesen – er hatte das Gefühl gehabt, dass sie als Partner schlecht zueinanderpassten –, aber sie waren Freunde und sogar Wohngenossen geblieben. Doch in letzter Zeit glaubte Finn eine leichte Veränderung in ihrem Verhalten wahrzunehmen.

Waren das Annäherungsversuche? Oder bildete er sich das nur ein?

Rouge schien seine Zurückhaltung zu spüren. «Was ist das denn für ein Ding?», fragte sie, um das Thema zu wechseln.

«Ein Moon Zoomer», sagte er. Er wiederholte das Wort noch einmal – Moon Zoomer – und ließ sich den Binnenreim auf der Zunge zergehen.

Rouge dagegen schien ihn gar nicht zu bemerken.

«Der hat Mannu gehört», erklärte er. «Ein Geschenk von unserem Vater. Vor vielen Jahren. Er lag in einer von Mannus Schubladen.» Finn reichte Rouge das Gerät und zeigte auf einen Schriftzug innen am Rahmen. «Siehst du? Da steht: ‹Made in USA›. Also muss er auf jeden Fall vor 2095 hergestellt worden sein. Unser Vater meinte, so um 2030.»

«Hm», machte Rouge und betrachtete die klobig aussehende Brille. «Über 230 Jahre alt. Mitten im Dark Winter hergestellt.» Sie musterte das Teil, drehte und wendete es in den Händen. «Die Hälfte der Weltbevölkerung lag im Sterben, und die Amis suchten noch immer fröhlich nach neuen Welten.»

«Na und?», entgegnete Finn mit einer gewissen Schärfe. Gerade bei Rouge fühlte er sich häufig genötigt, sein Heimatland verteidigen zu müssen. Er betrachtete sich selbst gern als Kontinentaleuropäer, aber jetzt musste er schon wieder eine Lanze für die Nordamerikaner brechen. «Sie glaubten, diese Welt sei am Ende. Warum dann nicht nach neuen suchen?»

«*Touché*», sagte Rouge und widmete sich dann wieder der Brille. «Funktioniert das Ding denn noch?»

«Ja», sagte er. «Mehr oder weniger. Aber nur bis zu einer maximalen Entfernung von 400 000 Kilometern. Vor ein paar Minuten war ein Space-Racer in der Nähe von Alpha Sextantis zu sehen. Aber es war nicht zu erkennen, ob er sich auf dem Hin- oder Rückflug befindet.»

«Mit den Teleskop-Programmen für unsere BBs sehen wir doch um Klassen besser. Mit Skyze, C-Stars, Astro–»

«Rouge, es ist bloß ein Gag», sagte er, wie so oft verwundert über ihren Mangel an Humor. «Es war ein Spielzeug. Für Kinder.» Er lächelte sie an. «Komm, möchtest du ihn mal aufsetzen?»

Sie schüttelte den Kopf. «Nein. Danke. Nein.» Sie blickte nach oben in den Nachthimmel.

Ob er sie gekränkt hatte? Aber nein, sie versuchte nur, den Space-Racer mit ihrem Brain Button zu orten. «Kannst du ihn sehen?»

«Ja. Da ist er.»

Finn war beeindruckt. Rouge war die mit Abstand schnellste BB-Impulsträgerin, die er kannte. Nahezu genial.

«Er ist auf dem Rückflug. Er kommt auf uns zu», meldete sie. Dann fing sie Finns Blick auf. «Wie geht's dir, Finn?»

Er holte tief Luft und schaute aufs Meer hinaus. «Es ist schwer», sagte er schließlich. «Vor allem, Lulu und Mannu zu verlieren. Wir standen uns so nah, wir drei. Unsere Eltern haben ja immer viel gearbeitet, und als Lulu noch ein Kleinkind war, haben wir für sie gesorgt. Sie hat uns Manny und Fanny genannt.»

«Fanny?», sagte Rouge amüsiert. «Das passt ja gar nicht zu dir.»

Finn zuckte die Achseln und blickte nach unten, wo er mit dem Fuß gegen einen Stein gestoßen war. Er hob ihn auf, und darunter kam eine Libelle zum Vorschein. «Huch! Was macht die denn da?» Die Libelle umkreiste sie mit schwirrenden phosphoreszierenden Flügeln und flog dann davon. «Lulu hat immer versucht, Libellen zu fangen, als sie klein war. Sie hat gequietscht wie ein wildes Ferkel, wenn sie hinter ihnen herrannte. Jetzt ist das Haus so furchtbar still ohne sie. Sie war ein richtiges Plappermäulchen. Den ganzen Tag ging es *yakety-yak*.»

«*Yakety-yak*?», fragte Rouge nach. Sie hätte die Bedeutung des Wortes sekundenschnell mit ihrem BB finden können, aber sie wusste, wie sehr es Finn genoss, ihr kleine Pralinen der historischen englischen Sprache zu servieren.

Er lächelte. «Nordamerikanisch, um 1950, es bedeutet: unaufhörlich reden. Abgeleitet von dem Verb ‹*to yack*›, Herkunft unbekannt. Möglicherweise ahmt es das Geräusch von Geplapper nach.»

«‹*Yakety-yak*›», kicherte sie. «Hört sich wirklich wie Geplapper an.»

Finns Blick glitt wieder aufs Meer. «Lulu wird vermisst. Schmerzlich. Sie werden alle vermisst.» Er musterte den Stein, den er noch immer in der Hand hielt, dann warf er ihn. Er sah, wie sich das verzerrte Spiegelbild des Mondes auf der Wasserfläche kräuselte, als der Stein über die Wellen hüpfte und dann versank. «Mannu konnte richtig gut Steine werfen. Wir haben oft hier gestanden und um die Wette Steine übers Wasser hüpfen lassen. Er hat immer gewonnen.»

Rouge schwieg, wartete, dass er weitersprach.

«Wenn die See glatt war», sagte er und sah wieder auf das mondbeschienene Meer, «hüpfte sein Stein zehn oder sogar fünfzehn Mal hintereinander. Manchmal sogar noch öfter. Und alle Mädchen am Strand sind fast in Ohnmacht gefallen, wenn sie ihn sahen.» Er schaute zu Rouge hoch. «Es war nicht leicht, mit ihm mitzuhalten. Aber dieser Bruder hat ihn verehrt. Bedingungslos.» Finn versuchte ein Lächeln, gab es dann aber auf und biss sich auf die Lippe. «Niemand sollte mit sechsundzwanzig schon seine ganze Familie verlieren. Tot. Alle vier. Von einer Sekunde auf die nächste!»

Rouge atmete tief ein.

«Vollwaise», sagte er empört. «Finn Nordstrom, Vollwaise.»

Sie legte ihm eine Hand auf die Schulter. Er spürte ihre Wärme durch sein dünnes Shirt.

«Sollen wir reingehen?», fragte sie.

«Lass uns noch ein bisschen hier draußen sitzen bleiben.»

Rouge trug ein leichtes Sommerkleid, hauchdünn, durchwirkt mit schimmernden blauen und grünen Metallfäden. Es war tief ausgeschnitten, sodass ihr Dekolleté im Mondlicht zu sehen war und ihre Brüste fast aus dem Oberteil quollen. Finn bemerkte einen braunen Schönheitsfleck auf der blassen Haut, direkt über der rechten Brust. War ihm das Muttermal einfach noch nie aufgefallen, oder hatte sie es sich kürzlich für eine Nacht wie diese machen lassen? Er schaute weg.

Rouge raffte den Stoff ihres Kleides zusammen und ließ sich auf den Sand nieder, streckte die langen, endlos langen Beine aus und zog sie dann artig an den Körper. Das alles machte sie in einer einzigen anmutigen und zugleich sparsamen Bewegung, dass Finn an jene antiken Klappmesser aus Solingen denken musste, die im Museum der Europäischen Kulturen ausgestellt waren, nicht weit von seiner Wohnanlage in Berlin. Faszinierend.

Er musste lächeln. Was für ein Vergleich! Aber Rouge hatte wirklich schon immer etwas Gefährliches, beinahe Raubtierhaftes an sich gehabt, ganz so als wäre sie kurz davor, ihn in eine Falle zu locken, ihn mit ihren langen Gliedmaßen zu fangen und bei lebendigem Leibe zu verspeisen.

«Du lächelst», stellte Rouge fest.

«Was führt dich eigentlich her?», wollte er wissen.

«Ein Gefallen. Für deine Universität. Für die Bibliothek.»

«Die Universität Greifswald? Die haben dich geschickt? Hierher?»

«Sie sind in Sorge, du könntest kündigen. Und nach Nordamerika zurückgehen.»

«Recht so!», sagte er. «Die letzten drei Monate haben diesen Übersetzer regelrecht *bonkers* gemacht!»

«*Bonkers*?»

«Irre. Verrückt. Nordamerikanisch, 1940er-Jahre, Herkunft unbekannt.»

«Schreibung?»

«*B-o-n-k-e-r-s.*»

«*Bonkers*», sagte sie, als probiere sie das Wort an und drehe sich damit vor dem Spiegel. «Und?», fragte sie dann. «Warum *bonkers*?»

«Wir mussten die computergenerierten Übersetzungen dieser Bank-Geschäftsberichte auf Interpunktion überprüfen. Reines Korrekturlesen! Man sollte eigentlich meinen, die Programme hätten inzwischen Grammatik gelernt. Und das Zeug ist dermaßen langweilig!»

Finn war ausgebildeter Übersetzer aus dem Neuen Standardmandarin und aus der toten Sprache Deutsch ins Englische. Außerdem war er Spezialist für das Entschlüsseln handschriftlicher Texte in Deutsch und Englisch und darüber hinaus ein hoch qualifizierter, wenn auch chronisch unterforderter Historiker für die Alltagskultur der Jahre

1950 bis 2018, der Periode unmittelbar vor dem Zeitalter des Dark Winter. «Die sollen uns die Werke der Weltliteratur zum Übersetzen geben», sagte er, «nicht die ‹Aufstellung der im Konzern erfassten Erträge und Aufwendungen für das erste Quartal 2017› der Deutschen Bank. Wen interessiert's, ob es darin vor Interpunktionsfehlern nur so wimmelt?»

Rouge lachte. «Du bist Junior-Historiker, Finn. Das ist dein Job.»

«Und du bist Junior-Physikerin. Musst du deshalb unter einem Baum sitzen und abwarten, bis dir ein Apfel auf den Kopf fällt, ehe du über Schwerkraft nachdenken darfst?»

Rouge lachte wieder. Sie hatte zwar wenig eigenen Humor, war aber leicht zum Lachen zu bringen. Wenn sein BB nicht abgeschaltet gewesen wäre, hätte er sich den Witz notiert. Jetzt würde er ihn vielleicht vergessen.

«Aber alle haben gesagt, die Geschäftsberichte seien ein Weltkulturschatz», wandte Rouge ein.

Gewiss, die Berichte hatten Aufsehen erregt, als sie 2260, vor vier Jahren, aus fünfzig Metern Tiefe ausgegraben worden waren, direkt an der Stelle, wo einst die Zentrale der Bank in Frankfurt gestanden hatte. Die Archäologen waren dort auf ein paar Metallaktenschränke gestoßen, randvoll mit deutschsprachigen Geschäftsberichten. Dass sie den Großen Feuersturm von 2050 überhaupt überlebt hatten, war wie ein Wunder. Denn der Große Feuersturm hatte zwar den Kontinent von der Deutschen Pest befreit, aber auch die Kultur Europas fast restlos vernichtet.

«Diese Bankberichte ein Weltkulturschatz? Unsinn!», entgegnete er.

«Ist ja gut.» Sie stützte sich auf die Ellbogen und blickte hinauf in die Sterne. «Ist ja gut.»

Auch Finn lehnte sich zurück. «Aber die in Greifswald haben dich doch bestimmt nicht von Berlin in einen verschlafenen New Yorker Strandort geschickt, bloß weil sie Angst haben, einen Junior-Historiker zu verlieren.»

«Richtig», sagte sie und streckte die langen Beine wieder aus.

«Also, warum bist du hier?»

Sie schaute ihm direkt ins Gesicht. «Baltische Archäologen in Stralsund haben auf der Halbinsel Fischland-Darß einen Fund gemacht.»

«Einen Fund gemacht?», wiederholte er und setzte sich wieder auf.

«Ein Köfferchen. Staubdicht. Luftdicht. Wasserdicht. Allesdicht. Wie man sie im frühen 21. Jahrhundert auf Booten benutzt hat. Es lag auf dem Grund des Saaler Boddens bei Wustrow.»

«Auf dem Grund des Boddens?» Das war absurd. Der Bodden war völlig flach und nicht ansatzweise zu vergleichen mit einem richtigen Meer, in dem man versunkene Schiffe und ihre Schätze vermuten konnte.

Die Boddenlandschaft, eine Reihe von salzhaltigen Seen mit Verbindung zum Meer entlang der südlichen Ostseeküste, einst Rastplatz für Zugvögel und Naturschutzgebiet, hatte im Zeitalter des Dark Winter schwer gelitten. Aber jetzt, da Europa größtenteils wieder besiedelt war, gestaltete man einige Gebiete an der Ostseeküste zu Meeresbergbau-Regionen um.

«Das Wasser dort ist doch ganz flach», sagte Finn. «Da müsste man doch schon längst alles rausgefischt haben.»

Rouge zuckte die Achseln. «An der Stelle, wo der Koffer gefunden wurde, ist das Wasser mindestens sechs Meter tief. Anscheinend hat er über zweihundert Jahre da gelegen. Sie sind zufällig drauf gestoßen, als sie das Gebiet für Baumaßnahmen vorbereiten wollten.»

Finn spürte, dass sein Herz zu klopfen begann. «Ist es ein wichtiger Fund?», fragte er.

«Ein Weltkulturschatz.» Es klang ein wenig spöttisch, deshalb war sich Finn nicht sicher, ob das die Meinung der Experten war oder ob Rouge ihn einfach nur foppen wollte.

«Wieso?», fragte er. «Ist irgendwas Wichtiges darin?»

«Möglicherweise, sagen sie.»

«Und was hat das alles mit diesem Historiker zu tun?»

«Sie haben etwas im Koffer gefunden, Finn. Etwas Handschriftliches. In Deutsch. Es muss entschlüsselt und übersetzt werden.»

«Aber warum gerade *dieser* Übersetzer? Und warum haben sie dich geschickt? Wieso die Eile?»

Rouge zuckte die Achseln. «Vielleicht, weil sie Angst haben, Berlin könnte ihnen den Fund vor der Nase wegschnappen, wenn sie nicht schnell handeln. Und offensichtlich sind sie der Meinung, dass du der Richtige bist für den Job.» Sie sah ihn an. «Vielleicht ist das die Chance, auf die du gewartet hast.»

Es war kaum anzunehmen, dass auf dem Grund eines flachen Salzwassersees so etwas wie Geschäftsberichte einer Bank gelegen hatten. Erst recht keine handschriftlichen. Aber *was* dann?

«Sprichst du wenigstens mal mit Greifswald darüber?», fragte Rouge.

«Ja. Sicher. Natürlich.»

«Gut», sagte sie und stand auf. Sie wischte sich den Sand

von den Händen. «Der Direktor der Europäischen Bibliothek erwartet deinen Anruf. Gleich morgen früh.»

«Wieso so schnell?», sagte er und stand ebenfalls auf.

«Sogar noch schneller, als du denkst. Morgen früh für *ihn*. Das heißt also in –» Sie neigte leicht den Kopf, griff auf ihre BB-Uhr zu. «Zwei Stunden.»

«In zwei Stunden?»

Sie nickte und gähnte dann.

«Du bist müde», sagte Finn.

«Ja. Sollen wir reingehen?»

Sie standen nah beieinander. Sehr nah. Das Muttermal auf ihrer rechten Brust hob und senkte sich mit jedem Atemzug. Er hätte sie an sich ziehen und sie küssen können.

«Hier entlang», sagte Finn stattdessen und zeigte auf das große Holzhaus strandabwärts. «Die Residenz der Nordstroms.»

Rouge nahm ihre Sandalen und folgte ihm.

2 • Doc-Doc

Für das Holocasting räumte Finn extra das Familienzimmer auf. Man konnte schließlich nie wissen – vielleicht würde der Direktor der Europäischen Bibliothek ihm einen spontanen Besuch abstatten. Bei Doc-Doc – wie Dr. Dr. Rirkrit Sriwanichpoom von seinen Mitarbeitern nicht ohne einen gewissen Spott genannt wurde – musste man auf alles gefasst sein.

Finn öffnete die Vorhänge. Der Mond schwebte wie ein dicker weißer Ballon über einem glatten Atlantik. Ein ausgezeichneter Hintergrund für ein Holocasting. Finn spürte, wie er immer aufgeregter wurde. Was befand sich nur in diesem Bodden-Koffer? Durfte er sich Hoffnungen auf ein Millennium-Mirakel machen?

Die letzte große Entdeckung einer Handschrift in Deutsch lag fast 130 Jahre zurück. 2136 hatten Arbeiter in Kalifornien, die ein verwahrlostes Haus für den Abriss vorbereiten sollten, eine wurmstichige Eichentruhe gefunden, die eine Stahlkassette enthielt. Darin befand sich ein Stapel handschriftlich beschriebener Seiten. Die Experten für tote Sprachen hatten sie schließlich als Deutsch identifiziert, geschrieben in der alten Schreibschrift, die um 1900 in Gebrauch war. Weitere Untersuchungen ergaben, dass es sich bei diesen Seiten um das Original des *Buddenbrooks*-Manuskripts des Nobelpreisträgers Thomas Mann handelte.

Das kalifornische Amt für Kulturschätze sprach sich vehement dafür aus, das Manuskript in Nordamerika zu belassen – immerhin hatte Thomas Mann die amerikanische Staatsbürgerschaft angenommen, argumentierten sie –, doch letztlich wurde es dem Archiv für die toten Sprachen in der Europäischen Bibliothek Greifswald überlassen, wo es Finns Meinung nach auch hingehörte. Inzwischen war es sicher unter Verschluss, aber eine Tru-Copy davon stand zur Verfügung. Finn hatte sie studiert und gelesen – keine leichte Aufgabe, da die alte Schrift selbst für Paläographen, die Deutsch konnten, ungemein schwer zu entziffern war, besonders wenn ihr Schwerpunkt eher auf den späteren Schriftarten nach 1945 lag.

Das *Buddenbrooks*-Manuskript war ein echtes Millennium-Mirakel gewesen, eine Auszeichnung für die Übersetzer, die sich damit beschäftigen durften. Vielleicht hatte Finn ja ebensolches Glück.

Als Finn an der Treppe vorbeikam, die auf die untere Ebene des Hauses führte, sah er, dass das Licht in Rouges Zimmer aus war. Einen Moment lang spürte er wieder, wie erschöpft er war, aber Müdigkeit war kein Zustand, den Sriwanichpoom schätzte. Bisher hatte Finn höchstens ein oder zwei Worte mit dem Direktor gewechselt, da war es nicht ratsam, jetzt einen schlechten Eindruck zu machen. Er machte sich in der Küche einen Zing, um die Hirnzellen zu aktivieren, ging dann wieder ins Familienzimmer und stellte Verbindung zur Holo-Kamera her. Dann wartete er auf Doc-Docs Anruf.

Dr. Dr. Rirkrit Sriwanichpoom war eine schillernde Persönlichkeit, im wahrsten Sinne des Wortes: Alles an ihm blendete den Betrachter. Sein gutes Aussehen, sein silberweißes Haar, das zu einem Pferdeschwanz gebunden war, sein blitzendes Elfenbeinlächeln, seine Augen, groß und schimmernd wie graue Tahitiperlen, seine brillante Intelligenz – ja selbst seine Schuhe glänzten. Seine Füße steckten in diesen neuen, durchsichtigen, glasähnlichen Halbstiefeln. Er trug sie bequem über glitzernden Silbersocken.

Als Finn in das Büro des Direktors holoiert wurde, sprangen ihm die Stiefel prompt ins Auge, denn die Beine des Mannes lagen lässig gekreuzt auf dem Schreibtisch. «Mr. Nordstrom!», sagte er und stand langsam auf. Er trat vor, und Finn gab seinem Vorgesetzten zur Begrüßung die Hand. Außer Luft gab es natürlich nichts zum Händeschütteln – ein Hologramm war ja nur ein Hologramm und nicht aus Fleisch und Blut –, aber Finn und Doc-Doc taten der Höflichkeit halber dennoch so als ob.

«Sir», sagte Finn. «Guten Morgen.»

«Wie spät haben Sie's denn da drüben?» Sriwanichpoom sprach einwandfreies Englisch mit dem unterkühlten nasalen Tonfall, für den die Bewohner der britischen Provinz bekannt waren, den aber Ausländer wie Doc-Doc selbst zur Perfektion gebracht hatten.

«Es ist ... äh ... zwei Uhr morgens.»

«Sie bleiben aber ganz schön lange auf, was?», bemerkte der Direktor mit einem leisen Lachen. «Bitte, nehmen Sie Platz.» Er zeigte auf einen durchsichtigen Hängetisch, um den vier Hocker herum gruppiert standen. Finn brauchte einen Moment, um sich in dem Thronsaal– so nannte man das geräumige Büro des Direktors – zu orientieren, ehe er Platz nahm. In Wirklichkeit setzte er sich natürlich auf einen Stuhl im Familienzimmer seines Elternhauses, aber solche Details waren unwichtig, wenn man sich in einer 3D-Bildfläche traf.

Der Direktor zog seine weiße Hose etwas höher, setzte sich und schlug die Beine übereinander. Sein Glasstiefel hing jetzt fast in Finns Gesicht. «Nun denn», fuhr er fort, «wir brauchen nicht lange. – Sie wissen doch sicher, wo das Köfferchen gefunden wurde?»

«Ja», sagte Finn. «Im Bodden.»

«Richtig. Bei Wustrow.»

Ein Plinkblink erschien auf Finns BB-Raster – *plink!*

«Sie haben soeben zwei Dateien erhalten», sagte der Direktor. «Schauen Sie mal rein.»

Die erste Datei war ein Bild, das von einem Boot aus aufgenommen worden sein musste. Finn sah fast nur Wasser und einen ziemlich öden Streifen Land, vermutlich die Küstenlinie des Boddens. Links standen ein paar Pappeln, und im Hintergrund ragten die Ruinen einer Ortschaft mit einem Kirchturm auf.

«Da wurde das Köfferchen gefunden», sagte Doc-Doc.

Die zweite Datei war das Bild eines schwarzen Koffers mit Griff, ähnlich den kleinen Hartschalenkoffern, die um die Jahrtausendwende so beliebt gewesen waren.

«In diesem Koffer befand sich das Dokument», sagte der Bibliotheksdirektor.

Die Plinkblinks verschwanden plötzlich von Finns BB.

«Ach, Verzeihung», sagte Doc-Doc etwas gereizt. «Mir ist das auch gerade passiert. Muss ein Virus sein. Falls Sie die Bilder noch mal brauchen, sagen Sie einfach Bescheid. Also, wo waren wir? Ach ja, genau. Sie wissen, dass das Dokument auf Deutsch handgeschrieben wurde?»

Finn nickte.